George Orwell
Foel yr Anifeiliaid

Roedd George Orwell, sef ffugenw Eric Arthur Blair (1903-1950) yn newyddiadurwr, yn fardd ac yn draethodydd ond fe'i hadnabyddir orau heddiw fel un o nofelwyr mwyaf dylanwadol yr ugeinfed ganrif. Nodweddir ei waith gan sylwebaeth gymdeithasol a beirniadaethau o dotalitariaeth ei gyfnod sydd eto'n oesol, ac mae ei gampweithiau mwyaf adnabyddus, yn eu plith *Animal Farm* a *Nineteen Eighty-Four*, ymhlith y nofelau mwyaf poblogaidd erioed mewn unrhyw iaith.

Animal Farm oedd ei nofel olaf ond un. Yn alegori sy'n dychanu sefydlu'r Undeb Sofietaidd, mae'n portreadu llygredd dyn a'r ffordd y gall y syniadau mwyaf aruchel gael eu meddiannu at ddibenion totalitaraidd. Ystyrir hi'n un o nofelau pwysicaf yr ugeinfed ganrif.

Cyhoeddwyd gan
Llyfrau Melin Bapur,
Llanofer,
Sir Fynwy, 2025

Llun y clawr:
©Massimo Carulli, Marcella Menna 2025
Dyluniad y clawr:
©Melin Bapur, 2025

Hawlfraint y cyfieithiad:
©Anna Gruffydd
©Melin Bapur, 2025

ISBN:
978-1-917237-66-6

George Orwell

Foel yr Anifeiliaid

Sef *Animal Farm*

Cyfieithwyd i'r Gymraeg gan
Anna Gruffydd

Clasuron Byd Melin Bapur

i GUTO a BECA
diolch am gael benthyg yr enw

Brodor o Ben Llŷn ydi **Anna Gruffydd** ac iaith bro ei mebyd ydi ei chyfrwng yn y Gymraeg lle bo'n addas. Mae'n cyfieithu ers bore'i hoes: er ei phleser ei hun, yn bentwr o weithiau na welodd erioed olau dydd; yn ddeunydd i'w myfyrwyr pan oedd yn gweithio yng Ngholeg Cerdd a Drama Cymru; i lwyfannau Cymru; mewn amryfal feysydd i ennill ei bara menyn ac yn ddiweddar cyhoeddwyd ei chyfieithiadau o *La Peste* gan Albert Camus a *The Third Policeman* gan Flann O'Brien. Mae'n medru chwe iaith: dwy famiaith, dwy ddigon da i ddal pen rheswm a dwy arall ddigon da i beidio â llwgu.

Y Bennod Gyntaf

Roedd Mistar Jôs, Foel y Faenol, wedi cloi cytiau'r ieir am y nos, ond buasai'n rhy chwil i gofio cau'r tyllau piciad. A'r cylch o oleuni o'i lantern yn dawnsio o'r naill ochr i'r llall hwntrodd ar draws y buarth, rhoi cic i'w sgidiau wrth ddrws y cefn, tynnu gwydraid olaf o gwrw o'r gasgen yn y gegin gefn, ac ymlwybro tua'i giando, lle'r oedd Misus Jôs eisoes yn chwyrnu.

Cyn gynted ag y diffoddodd y golau yn y llofft clywyd stwyrian ac ymysgwyd drwy hyd a lled y beudai. Yn ystod y dydd aethai si ar led fod 'rhen Gapten, y baedd Gwyn Canolig arobryn, wedi cael breuddwyd rhyfedd y noson cynt ac am ei adrodd i'r anifeiliaid eraill. Cytunwyd y byddai iddyn nhw i gyd gyfarfod yn y sgubor fawr cyn gynted ag y ceid cefn Mistar Jôs. Roedd 'rhen Gapten (dan yr enw yna yr âi bob gafael, er mai ei enw mewn sioeau oedd Rhosyn Rhostirmwyn) mor uchel ei barch ar y ffarm fel bod pawb yn fwy na bodlon colli awr o gwsg er mwyn clywed be oedd ganddo i'w ddweud.

Yn un pen y sgubor fawr, ar ryw fath o lwyfan bach, gorweddai Capten ar ei wely gwellt, o dan lantern a hongiai o drawst. Roedd yn ddeuddeg oed ac wedi magu bloneg ond daliai i fod yn fochyn urddasol yr olwg serch na thorrwyd erioed mo'i ysgythrau. Cyn bo hir dechreuodd yr anifeiliaid eraill gyrraedd a'u gwneud eu hunain yn gysurus yn ôl eu gwahanol ddulliau. Yn gyntaf daeth y tri chi, Gladys, Jini a Mot, ac wedyn y moch a glwydodd yn y gwellt yn union o flaen y llwyfan. Clwydodd yr ieir ar silffoedd y ffenestri, ehedodd y colomennod i fyny i'r trawstiau, gorweddodd y defaid a'r gwartheg i lawr y tu ôl i'r moch a dechrau cnoi cil. Daeth y ddau geffyl gwedd, Bocsar a Blodwen, i mewn efo'i gilydd, dan gerdded yn slô bach a gosod eu carnau blewog anferth yn ofalus rhag ofn bod rhyw anifail bach ynghudd yn y gwellt. Caseg famol dew oedd Blodwen yn tynnu at ei chanol oed na chollasai ei bloneg yn iawn ar ôl geni ei phedwerydd ebol. Creadur enfawr oedd Bocsar, bron yn ddeunaw dyrnfedd o daldra a chyn gryfed ag unrhyw ddau geffyl cyffredin efo'i gilydd. Rhoddai stribed gwyn ar hyd ei drwyn olwg braidd yn dwp iddo, ac a dweud y gwir doedd o mo'r miniocaf ei ddeall, ond roedd yn fawr ei barch gan bawb am ei gymeriad sad a'i alluoedd gweithio aruthrol. Ar ôl y ceffylau daeth Malltwen, yr afr wen, ac Eban y mul. Eban oedd yr anifail hynaf ar y ffarm, a'r mwyaf surbwchaidd. Anaml y dywedai air o'i ben a phan wnâi ryw sylwad, sinigaidd oedd hwnnw fel arfer – er enghraifft dywedai fod Duw wedi rhoi cynffon iddo i hel pryfaid ond y byddai'n well ganddo yntau fod heb gynffon a heb bryfaid. Ar ei ben ei hun ymhlith yr anifeiliaid ar y ffarm ni chwarddai fyth. Pe gofynnid iddo pam, dywedai na welai un dim i chwerthin am ei ben. Serch hynny, heb ei addef yn agored, roedd yn meddwl y byd yn grwn o Bocsar, ac fel arfer bwriai'r ddau y Sul efo'i gilydd yn y cae bach y tu draw i'r berllan, yn pori ochr yn ochr heb fyth yngan gair.

Newydd orwedd i lawr roedd y ddau geffyl pan ddaeth nythaid o gywion hwyaid wedi colli'u mam i'r sgubor yn un llinell, dan drydar yn egwan a chrwydro yma a thraw i ddod o hyd i rywle lle na chaen nhw mo'u sathru dan draed. Gwnaeth Blodwen ryw fath o wal o'u cwmpas â'i choes flaen fawr a swatiodd y cywion hwyaid oddi mewn iddo a mynd i gysgu ar eu pennau. Ar y funud olaf dyma Modlen, y ferlen wen ddel wirion dynnai drap Mistar Jôs, yn dod i mewn dan gerdded yn ffil-ffal ac yn cnoi siwgwr lwmp. Cymrodd ei lle tua'r tu blaen a dechrau ysgwyd ei mwng gwyn, gan obeithio tynnu sylw at y rhubanau coch ymhleth ynddo. Yn olaf un daeth y gath, sbecian o'i chwmpas, fel arfer, am y lle cynhesaf ac ymhen yr hir a'r hwyr ei gwasgu'i hun rhwng Bocsar a Blodwen; yno y bu'n canu grwndi'n fodlon ei byd drwy gydol araith Capten heb wrando ar yr un gair.

Roedd yr anifeiliaid bellach i gyd yno heblaw am Moses, y gigfran ddof gysgai ar glwyd y tu ôl i'r drws cefn. Pan welodd Capten eu bod i gyd wedi'u gwneud eu hunain yn gyfforddus ac yn aros yn astud cliriodd ei wddw a chychwyn:

"Gymrodyr, clywsoch eisoes am y breuddwyd rhyfedd ges i neithiwr. Ond dof at y breuddwyd yna wedyn. Mae gen i rywbeth arall i'w ddweud gynta. I'm tyb i, gymrodyr, fydda i ddim efo chi am fawr o fisoedd eto, a chyn i mi farw dwi'n teimlo'i bod yn ddyletswydd arnaf drosglwyddo i chi'r doethineb ddaeth i'm rhan. Bu gennyf hir oes, hir amser i feddwl a minnau'n gorwedd ar fy mhen fy hun yn fy nghôr, ac i'm tyb i medraf ddweud fy mod yn deall trefn bywyd yn y dwthwn hwn gystal ag unrhyw anifail sy'n bod. Am hyn y mae arnaf eisiau sôn wrthoch chi.

"Yn awr, gymrodyr, sut fywyd ydi ein hoedl ni? Heb flewyn ar dafod, mae ein bywydau'n druenus, yn llafurus ac yn fyr. Cawn ein geni, cawn ddigon o fwyd i gadw chwyth ynom ac mae'r rheini ohonom sy'n tebol yn cael ein gorfodi i weithio hyd at fymryn olaf ein nerth; a'r eiliad y daw ein buddioldeb i ben cawn ein cigyddio'n erchyll o greulon. Does yna'r un anifail yng Nghymru ŵyr be ydi na hapusrwydd na hamdden ar ôl ei flwydd oed. Does yna'r un anifail yng Nghymru yn rhydd. Adfyd a chaethwasiaeth ydi bywyd anifail; dyna i chi'r gwirionedd ar ei ben.

"Ond ai trefn Natur ydi hyn? Ai am fod ein gwlad ni mor dlawd ei bod yn methu rhoi bywyd braf i'r rheini sy'n trigo ynddi? Na, gymrodyr, filwaith na! Mae tir Cymru'n ffrwythlon, mae ei hinsawdd yn dda, mae mewn lle i roi digonedd o fwyd i nifer anhraethol fwy o anifeiliaid nag sy'n byw ynddi ar hyn o bryd. Gallai'r un ffarm yma, ein ffarm ni, gynnal dwsin o geffylau, ugain o wartheg, cannoedd o ddefaid – a phob copa walltog yn byw'n gyfforddus ac yn urddasol mewn dull sydd yn awr bron y tu hwnt i'n crebwyll. Pam felly y daliwn i fynd yn y cyflwr truenus hwn? Am fod agos i holl gynnyrch ein llafur yn cael ei ladrata oddi arnom gan fodau dynol. Dyna, gymrodyr, yr ateb i'n holl broblemau. Mewn un gair – Dyn! Dyn ydi'r unig wir elyn sydd gennym. O ddisodli Dyn, dyna ddileu am byth wreiddyn newyn a chaledwaith.

"Dyn ydi'r unig greadur sy'n bwyta heb gynhyrchu. Dydi o ddim yn rhoi llefrith, ddim yn dodwy wyau, mae'n rhy wan i dynnu'r aradr, yn methu rhedeg yn ddigon cyflym i ddal cwningod. Ac eto Ef ydi arglwydd yr holl anifeiliaid. Mae'n peri iddyn nhw weithio, yn rhoi'n ôl iddyn nhw'r lleiaf fyw fyd bosib i nadu iddyn nhw lwgu, a'r gweddill mae'n ei gadw iddo Ef ei hun. Ein llafur ni sy'n trin y tir, ein tail ni sy'n ei wrteithio, ac eto phiau'r un ohonom fwy na'i groen. Chi wartheg welaf o'm blaen, sawl mil o alwyni o lefrith roesoch chi dros y flwyddyn aeth heibio? A be ddigwyddodd i'r llefrith hwnnw ddylsai fagu lloi nobl? Aeth pob dafn ohono i lawr cyrn gyddfau ein gelynion. A chithau'r ieir, sawl ŵy ydach chi wedi'i ddodwy dros y flwyddyn aeth heibio, a faint o'r wyau hynny gafodd erioed ddeor yn gywion? Aeth y gweddill i gyd i'r farchnad i hel arian i Jôs a'i weision. A thithau, Blodwen, lle mae'r pedwar ebol yna fwriaist ti, ddylsai fod yn gynhaliaeth ac yn bleser i ti yn dy henaint? Gwerthwyd pob un yn flwydd oed – weli di fyth mo'r un wan jac ohonyn nhw eto. Yn dâl am dy bedwar esgoriad a'th holl lafur yn y maes, be gest ti rioed heblaw dy ddogn brin a dy gôr?

"A dydi hyd yn oed y bywydau truenus sydd gennym ddim yn cael dod i'w terfyn yn ôl trefn Natur. O'm rhan fy hun, does gen i ddim lle i gwyno, dwi'n un o'r ffodusion. Dwi'n ddeuddeg oed ac yn dad i dros bedwar cant o berchyll. Dyna hoedl naturiol mochyn. Ond does yna'r un anifail yn dianc rhag y gyllell greulon yn y diwedd. Chithau, foch bach yn eistedd o'm blaen, cyn pen blwyddyn bydd pob un ohonoch chi'n sgrechian eich chwythiad ola dan y fwyell. Dyna'r arswyd sy'n ein haros ni i gyd – gwartheg, moch, ieir, defaid, pawb. Does yna ddim gwell tynged yn aros hyd yn oed y ceffylau a'r cŵn. Ti, Bocsar, yr union ddiwrnod y bydd dy gyhyrau mawr di'n colli'u nerth mi fydd Jôs yn dy werthu di i'r nacer fydd yn torri dy gorn gwddw di ac dy ferwi di'n fwyd i'r bytheiaid. O ran y cŵn, pan fyddan nhw'n hen ac ac wedi colli'u dannedd mae Jôs yn clymu bricsen am eu gyddfau ac yn eu boddi nhw yn y pwll nesa.

"Siawns nad ydi hi'n hollol amlwg, felly, gymrodyr, mai o ormes dynion mae holl ddrygau ein hoedl yn deillio? Digon cael gwared o Ddyn a ni fyddai piau cynnyrch ein llafur. Bron dros nos byddem yn gefnog ac yn rhydd. Be felly mae gofyn i ni'i wneud? Hyn: gweithio ddydd a nos, gorff ac enaid, i ddymchwel yr hil ddynol! Dyna fy neges i chi, gymrodyr. Chwyldro! Wn i ddim pa bryd y daw'r Chwyldro hwnnw, hwyrach ymhen wythnos neu ymhen can mlynedd, ond gwn, cyn sicred ag y gwelaf y gwellt yma dan fy nhraed, y ceir cyfiawnder yn hwyr neu'n hwyrach. Hoeliwch eich llygaid ar hynny, gymrodyr, ar hyd y pwt sydd weddill o'ch bywydau! Ac yn anad dim, trosglwyddwch fy neges i'r rheini ddaw ar eich ôl, gael i'r cenhedloedd a ddêl barhau â'r frwydr hyd nes cario'r dydd.

"A chofiwch, gymrodyr, rhaid i'ch penderfyniad chi beidio â gwegian fyth. Rhaid i chi beidio byth â gadael i'r un ddadl eich arwain ar gyfeiliorn. Peidiwch byth â gwrando pan ddwedan nhw wrthoch fod gan Ddyn a'r anifeiliaid les ar y cyd, mai ffyniant un ydi ffyniant y lleill. Uwd o gelwydd. I'w felin ei hun mae Dyn yn troi pob dŵr a naw wfft i unrhyw greadur heblaw Ef ei hun. Ac yn ein plith ni anifeiliaid bydded undod perffaith, brawdoliaeth berffaith yn y frwydr. Mae dynion i gyd yn elynion. Mae anifeiliaid i gyd yn gymrodyr."

Y munud yma aeth hi'n holics. Tra oedd Capten yn llefaru sleifiasai pedair llygoden fawr o'u tyllau ac eisteddent ar ei draed ôl yn gwrando arno. Yn sydyn cawsai'r cŵn gip arnynt a dim ond drwy sythu ar wib am eu tyllau y medrodd y llygod mawr ddianc yn groeniach. Cododd Capten ei droed i gael distawrwydd:

"Gymrodyr," meddai, "dyma bwynt mae gofyn cytuno arno. Y creaduriaid gwylltion – megis llygod mawr a chwningod – ein cyfeillion ynteu'n gelynion ni ydyn nhw? Dewch i ni fwrw pleidlais. Dwi'n cynnig y cwestiwn yma i'r cyfarfod: Ydi llygod mawr yn gymrodyr?"

Bwriwyd y bleidlais yn y fan, a chytunwyd drwy fwyafrif llethol mai cymrodyr oedd llygod mawr. Dim ond pedair pleidlais oedd yn erbyn, y tri chi a'r gath, y cafwyd wedyn ei bod wedi pleidleisio o'r ddwy blaid. Aeth Capten yn ci flaen:

"Ychydig eto sydd gen i i'w ddweud. Dim ond dweud eilwaith, peidiwch fyth ag anghofio'ch dyletswydd o elyniaeth yn erbyn Dyn a'i holl ffyrdd. Gelyn ydi pa beth bynnag sy'n mynd ar ei ddwygoes. Cyfaill ydi pa beth bynnag sy'n mynd ar ei bedeirgoes neu a chanddo adenydd. A chofiwch, at hynny, o frwydro yn erbyn

Dyn, rhaid i ni beidio ag ymdebygu iddo. Hyd yn oed pan fyddwch wedi'i drechu, peidiwch â mabwysiadu ei ffaeleddau. Rhaid i'r un anifail beidio byth â byw mewn tŷ, na chysgu mewn gwely, na gwisgo dillad, nac yfed diod gadarn, na smygu baco, na chyffwrdd pres, nac ymwneud â masnach. Mae holl arferion Dyn yn anfad. Ac yn anad dim, rhaid i'r un anifail beidio byth â gormesu ei hil ei hun. Boed wan boed gryf, boed beniog boed wirion, brodyr ydan ni i gyd. Rhaid i'r un anifail beidio byth â lladd unrhyw anifail arall. Mae anifeiliaid i gyd yn gydradd.

"A rŵan, gymrodyr, mi sonia i wrthoch chi am fy mreuddwyd neithiwr. Fedra i ddim disgrifio'r breuddwyd hwnnw wrthoch chi. Breuddwyd am y ddaear oedd o, y ddaear pan fo Dyn wedi diflannu. Ond fe'm hatgoffodd o rywbeth roeddwn wedi'i hen anghofio. Flynyddoedd lawer yn ôl, pan oeddwn yn fochyn bach, byddai mam a'r hychod eraill yn canu hen gân – dim ond yr alaw a'r tri gair cyntaf wydden nhw. Buaswn yn gyfarwydd â'r alaw yna pan on i'n ddim o beth ond aethai dros gof ers tro byd. Ond neithiwr daeth yn ôl i mi yn fy mreuddwyd. Ac at hynny daeth geiriau'r gân yn eu holau hefyd – geiriau, dwi'n amau dim, a ganai'r anifeiliaid ers talwm ac sydd mewn ebargofiant ers cenedlaethau. Mi ganaf y gân honno i chi rwan, gymrodyr. Dwi mewn oed a'm llais yn gryg, ond ar ôl i mi ddysgu'r alaw i chi, gewch chi ei chanu'n well drosoch eich hunain. *Bwystfilod Cymru* ydi'i henw hi."

Cliriodd 'rhen Gapten ei wddw a dechrau canu. Fel y dywedodd, roedd ei lais yn gryg, ond canai'n bur dda ac roedd hi'n alaw gyffrous, rhywbeth rhwng yr emyn-dôn *Cwm Rhondda* ac alaw *Calon Lân*. Dyma'r geiriau:

Lân fwystfilod Cymru ac Iwerddon,
Anifeiliaid mân a mawr,
Dewch i wrando ar fy newydd –
Hanes dod ein heuraid wawr.
Hwyr neu hwyrach, hwyr neu hwyrach
Gwelir diwrnod trechu Dyn,
Gwelir diwrnod trechu Dyn.

Dim harneisiau ar ein gwarrau,
Dim modrwyau yn ein trwyn.
Oll yn rhydd rhag genfa a sbardun,
Glân eboliaid, lloi ac ŵyn.
Daw y diwrnod, daw y diwrnod
Chwiban chwip ni chlywir mwy,
Chwiban chwip ni chlywir mwy.

Cyfoeth mwy na gwêl y llygad –
Gwenith, barlys, gwair a cheirch,
Meillion, ffa ac ŷd a thatws
I foch a defaid, mul a meirch.
Byw a phluog, byw a phluog,
Da fydd byd y da i gyd,
Da fydd byd y da i gyd.

Glas fydd meysydd Cymru annwyl,
Glân ei dyfroedd, teg ei gwŷdd,
Pereiddiach fyth fydd ei hawelon
Ar y dydd cawn fod yn rhydd.
Dewch, gymrodyr, dewch, gymrodyr,
At ein rhengoedd ac i'r gad!
At ein rhengoedd ac i'r gad!

> Lân fwystfilod Cymru ac Iwerddon
> Anifeiliaid mân a mawr
> Dewch i wrando ar fy newydd,
> Hanes dod ein heuraid wawr.
> Henffych fore, henffych fore –
> Gwawr y dydd cawn fod yn rhydd,
> Gwawr y dydd cawn fod yn rhydd.

Daeth cyffro gwyllt dros yr anifeiliaid o glywed canu'r gân. Bron cyn i Capten gyrraedd y diwedd, dechreusant ei chanu drostynt eu hunain. Roedd hyd yn oed y gwirionaf o'u plith eisoes wedi cael crap ar yr alaw ac ychydig o'r geiriau, a'r rhai peniog, megis y moch a'r cŵn, wedi dysgu'r gân o'i dechrau i'w diwedd cyn pen munud neu ddau. Ac wedyn, ar ôl rhoi cynnig arni unwaith neu ddwy, dechreuodd y ffarm benbaladr ganu *Glân Fwystfilod Cymru* yn unsain aruthrol. Fe'i brefai'r gwartheg, fe'i nadai'r cŵn, fe'i brefai'r defaid, fe'i gweryrai'r ceffylau, fe'i cwaciai'r hwyaid. Roedden nhw wedi dotio gymaint at y gân fel na wnâi dim byd y tro ond ei chanu ar ei hyd bum gwaith a siawns na fyddent wedi dal i'w chanu heblaw am rywbeth yn torri ar eu traws.

Gwaetha'r modd deffrowyd Mistar Jôs gan y twrw. Llamodd o'i wely gan feddwl yn siŵr fod llwynog yn y buarth. Cythrodd am y gwn safai'n wastad yng nghornel ei lofft a gollwng ergyd o siot Rhif 6 i'r tywyllwch. Ymgladdodd yr haels yn wal y sgubor a daeth y cyfarfod i ben ar frys. Miglodd pawb i'w gôr ei hun. Neidiodd yr adar i'w clwydi, clwydodd yr anifeiliaid yn y gwellt, a chyn pen munud roedd y ffarm drwyddi draw yn cysgu'n sownd.

Yr Ail Bennod

Dair noson wedyn bu farw 'rhen Gapten yn dawel yn ei gwsg. Claddwyd ei gorff ym mhen draw'r berllan.

Ddechrau mis Mawrth oedd hyn. Dros y tri mis wedyn bu llond gwlad o brysurdeb dirgel. Yn sgil araith Capten magodd yr anifeiliaid mwy deallus ar y ffarm olygwedd gwbl newydd ar fywyd. Wydden nhw ddim pryd y digwyddai'r Chwyldro ragwelai Capten, doedd ganddynt ddim rheswm dros gredu y buasai yn ystod eu hoes nhw, ond gwelent yn glir ei bod yn ddyletswydd arnynt hwylio ar ei gyfer. Ar y moch, wrth reswm, y syrthiodd y gwaith o drefnu a dysgu'r lleill gan mai nhw a gydnabyddid y mwyaf peniog o blith yr anifeiliaid. Ar y blaen ymhlith y moch roedd dau faedd ifanc o'r enw Cadwal a Napoleon, roedd Mistar Jôs yn eu magu at eu gwerthu. Baedd Berkshire mawr, braidd yn ffyrnig yr olwg, oedd Napoleon, yr unig Berkshire ar y ffarm, yn bur dawedog ond yn cael y gair o gael ei ffordd ei hun. Roedd Cadwal yn fochyn bywiocach na Napoleon, yn gyflymach ei dafod ac yn fwy dyfeisgar ond nid ystyrid bod ynddo'r un rhuddin. Moch pesgi oedd yr holl foch gwrywaidd eraill ar y ffarm. Y mwyaf cyfarwydd o'u plith oedd mochyn bach tew o'r enw Wil y Wich, a chanddo fochau crwn iawn, llygaid pefriog, symudiadau heini a llais treiddgar. Roedd yn siaradwr disglair a phan oedd yn dadlau rhyw bwynt dyrys roedd ganddo ryw gast o sboncio o'r naill ochr i'r llall a chwipio'i gynffon oedd rywsut yn argyhoeddiadol iawn. Dywedai'r lleill am Wil y Wich y medrai droi du yn wyn.

Roedd y tri hyn wedi datblygu athrawiaethau 'rhen Gapten yn drefn feddwl gyflawn a rhoesant arni'r enw Anifeiliaeth. Sawl noson yr wythnos, pan oedd Mistar

Jôs yn cysgu, cynhalient gyfarfodydd dirgel yn y sgubor a thraethu egwyddorion Anifeiliaeth i'r lleill. Ar y dechrau cryn dipyn o dwpdra a difrawder ddaeth i'w rhan. Soniai rhai o'r anifeiliaid am ddyletswydd o deyrngarwch i Mistar Jôs, a alwent yn "Fistar", neu wneud sylwadau elfennol megis "Mistar Jôs sy'n ein bwydo ni. Oni bai amdano fo llwgu i farwolaeth fyddai'n rhan ni." Gofynnai eraill gwestiynau megis "Pam dylen ni falio be ddigwydd ar ôl ein marw ni?" neu "Os ydi yn yr arfaeth i'r Chwyldro yma ddigwydd beth bynnag, be di'r ots os gweithiwn ni tuag ato ai peidio?", a châi'r moch hi'n bur anodd cael ganddyn nhw weld bod hyn yn groes i ysbryd Anifeiliaeth. Modlen, y gaseg wen, ofynnai'r cwestiynau gwirionaf oll. Y cwestiwn cyntaf un ofynnodd i Cadwal oedd "Fydd yna'n dal i fod siwgwr ar ôl y Chwyldro?"

"Na fydd," meddai Cadwal yn ddiysgog. "Does gynnon ni ddim modd gwneud siwgwr ar y ffarm 'ma. A pheth arall, does arnat ti ddim angan siwgwr. Fydd gin ti dy wala o geirch a gwair."

"A fydda i'n dal i gael gwisgo rhubana yn fy mwng?" gofynnodd Modlen.

"Gymrawd," meddai Cadwal, "bathodyn caethwasiaeth ydi'r rhubana yna rwyt ti'n dotio gymaint atyn nhw. Fedri di ddim dallt bod rhyddid yn werth mwy na rhubana?"

Cytunodd Modlen, ond doedd hi ddim i'w chlywed yn siŵr iawn o'i phethau.

Roedd hi'n fwy o stryffîg fyth i'r moch wrthbwyso'r celwyddau roddai Moses, y gigfran ddof, ar daen. Ysbïwr a chlepgi oedd Moses, ffefryn arbennig Mistar Jôs, ond roedd hefyd yn siaradwr clyfar. Honnai wybod am fodolaeth gwlad ddirgel o'r enw Mynydd Siwgwr-Candi, lle'r âi pob anifail pan fyddai farw. Roedd yn rhywle i fyny yn yr awyr, ychydig ymhellach na'r cymylau, meddai Moses. Ym Mynydd Siwgwr-Candi roedd hi'n ddydd Sul saith diwrnod yr wythnos, roedd meillion yn eu tymor drwy'r flwyddyn gron, a thyfai siwgwr lwmp a chacen had llin ar y gwrychoedd. Roedd gas gan yr anifeiliaid Moses am ei fod yn cario clecs ac am na wnâi'r un cetyn o waith, ond roedd rhai ohonynt yn coelio ym Mynydd Siwgwr-Candi ac roedd gofyn i'r moch ddadlau'n bur daer i'w hargyhoeddi nad oedd mo'r fath le.

Eu dau ddisgybl mwyaf triw oedd y ddau geffyl gwedd, Bocsar a Blodwen. Câi'r ddau yma hi'n anodd iawn meddwl am ddim byd i'r pen ohonynt eu hunain, ond gyda'u bod wedi derbyn y moch yn athrawon llyncent bob peth a'i drosglwyddo i'r anifeiliaid eraill drwy ddadleuon syml. Deuent i'r cyfarfodydd dirgel yn y sgubor yn ddi-feth a chodi canu *Glân Fwystfilod Cymru* oedd yn dwyn y cyfarfodydd i ben bob tro.

Fel y bu hi, cyflawnwyd y Chwyldro yn gynt ac yn haws o lawer nag y disgwyliai neb. Mewn blynyddoedd a fu, buasai Mistar Jôs, er ei fod yn feistr caled, yn ffarmwr deheuig, ond yn ddiweddar aethai pethau o'r chwith iddo. Roedd wedi digalonni'n arw ar ôl colli arian mewn achos llys, ac wedi mynd i godi bys bach gryn dipyn yn fwy nag oedd o les iddo. Am ddyddiau bwy'i gilydd clertiai yn ei gadair Windsor yn y gegin yn darllen y papurau newydd, yn slochian, ac o bryd i'w gilydd yn bwydo crystiau bara wedi'u mwydo gan gwrw i Moses. Roedd ei weision yn ddiog ac yn anonest, y caeau'n llawn chwyn, yr adeiladau eisiau'u toi, y gwrychoedd heb eu trin a'r anifeiliaid yn brin o fwyd.

Daeth mis Mehefin a'r gwair bron yn barod i'w ladd. Nos Gŵyl Ifan, ar nos Sadwrn, aeth Mistar Jôs i Rostirmwyn a meddwi gymaint yn y Llew Coch fel na ddaeth adref tan amser cinio ar y Sul. Roedd y gweision wedi godro'r gwartheg ben bore ac wedyn mynd allan i hela cwningod, heb drafferthu bwydo'r anifeiliaid. Pan ddaeth Mistar Jôs yn ei ôl aeth i gysgu ar ei ben ar soffa'r stafell fyw â'r *News of the World* dros ei wyneb a chan hynny erbyn gyda'r nos heb eu bwydo fyth roedd yr anifeiliaid. O'r diwedd digon oedd digon. Torrodd un o'r gwartheg ddrws y stordy â'i chorn a dechreuodd yr anifeiliaid i gyd estyn atynt o'r biniau. Yr ennyd hwnnw deffrodd Mistar Jôs. Y funud nesaf roedd yntau a'i bedwar gwas yn y stordy, chwipiau yn eu dwylo, yn ffrewyllu i bob cyfeiriad. Roedd hyn y fwy nag y gallai'r anifeiliaid llwglyd ei ddioddef. Yn unfryd, er eu bod heb gynllunio dim byd o'r fath ymlaen llaw, dyma'u lluchio'u hunain ar eu poenydwyr. Yn sydyn cafodd Jôs a'i weision eu hunain yn cael eu tolcio a'u cicio o bob tu. Roedd hi dros ben llestri. Ni welsant erioed anifeiliaid yn ymddwyn felly, ac o weld gwrthryfela sydyn creaduriaid yr arferent eu leinio a'u camdrin fel y mynnent, dychrynasant ar eu hyd. Ar ôl dim ond munud neu ddau rhoesant y gorau i drio'u hamddiffyn eu hunain a chymryd y goes. Funud wedyn roeddent ill pump yn ffoi am eu hoedl i lawr y lôn drol âi at y lôn bost a'r anifeiliaid ar eu holau'n fuddugoliaethus.

Edrychodd Misus Jôs drwy ffenest y llofft, gweld be oedd ar droed, lluchio dyrnaid o bethau ar frys i sgrepan a sleifio'r ffordd arall o'r ffarm. Llamodd Moses oddi ar ei glwyd a fflapian ar ei hôl gan grawcian nerth esgyrn ei ben. Yn y cyfamser roedd yr anifeiliaid wedi hel Jôs a'i weision i'r lôn a chau'r llidiart pum bar yn glep y tu ôl iddynt. A chan hynny, bron cyn iddynt wybod be oedd yn digwydd, daethai'r Chwyldro i ben; roedd Jôs wedi'i fwrw allan, a nhw oedd piau Foel y Faenol.

Am funud neu ddau i ddechrau fedrai'r anifeiliaid ddim coelio'u lwc. Y peth cyntaf wnaethant oedd carlamu fel cyfangorff o gwmpas terfynau'r ffarm, fel pe i ymorol nad oedd yr un dyn yn llechu yn unman arni, wedyn rasio'n ôl i'r beudai i ddileu olion olaf trefn atgas Jôs. Malwyd y drysau i'r cwt tresi ym mhen draw'r stablau; cafodd y genfeydd, y modrwyau trwyn, y cadwyni cŵn, y cyllyll creulon ddefnyddiai Jôs i sbaddu'r moch a'r ŵyn i gyd eu lluchio i'r ffynnon. Cafodd y ffrwynau, y penffrwynau, y ffrwynau dall, y bagiau ceirch diraddiol eu lluchio ar y tân sbwriel a losgai yn y buarth. Felly hefyd y chwipiau. Pranciodd yr anifeiliaid i gyd o lawenydd o weld y chwipiau'n mynd ar dân. At hynny taflodd Cadwal ar y tân y rhubanau arferai addurno myngau a chynffonau'r ceffylau ar ddiwrnodiau marchnad.

"Mae gofyn," meddai, "ystyried rhubanau'n ddillad, sy'n un o nodau dyn. Dylai anifeiliaid i gyd fynd yn noethlymun."

Cyn pen fawr o dro roedd yr anifeiliaid wedi difa popeth oedd yn eu hatgoffa o Mistar Jôs. Wedyn fe'u harweiniodd Napoleon i gyd yn ôl i'r stordy a gweini dogn ddwbl o gorn i bawb a dwy fisgeden i bob ci. Wedyn canodd yr anifeiliaid *Glân Fwystfilod Cymru* o'i dechrau i'w diwedd ddengwaith yn olynol ac wedyn mynd i glwydo am y nos a chysgu fel na chysgasent erioed o'r blaen.

Ond deffroesant gyda'r wawr fel arfer a chofio'n sydyn am y peth bendigedig ddigwyddasai a rhuthro allan efo'i gilydd bob un i'r borfa. Nid nepell i lawr y borfa roedd bryncyn feddai ar olygfa o'r rhan fwyaf o'r ffarm. Rhuthrodd yr anifeiliaid i'w gopa a syllu o'u cwmpas yng ngolau clir y bore. Ie, nhw oedd piau'r cwbl – nhw oedd piau'r cwbl a welent! Yng ngorfoledd hynny dyma brancio ar hyd ac ar led, eu hyrddio'u hunain i'r awyr ar lamau mawr o gyffro, rholio yn y gwlith, pori llond eu cegau o laswellt pêr yr haf, cicio tyweirch o'r ddaear ddu a ffroeni ei hoglau bras. Wedyn aethant o gwmpas y ffarm drwyddi draw i'w harchwilio a bwrw golwg yn fud gan edmygedd ar y tir âr, y weirglodd, y berllan, y pwll, y gelli. Roedd hi fel petaent heb weld y pethau hyn erioed o'r blaen, a hyd yn oed rŵan prin y medrent goelio mai nhw oedd piau'r cwbl.

Wedyn aethant yn eu holau o un i un at y beudai ac aros mewn distawrwydd y tu allan i ddrws y tŷ ffarm. Nhw oedd piau hwnnw hefyd, ond roedd arnynt ormod o ofn mynd i mewn. Ond ymhen munud agorodd Cadwal a Napoleon y drws â hergwd eu hysgwyddau ac aeth yr anifeiliaid i mewn un ar ôl y llall, gan gerdded efo gofal o'r mwyaf rhag ofn tarfu ar ddim byd. Aethant ar flaenau'u traed o'r naill stafell i'r llall, ofn siarad yn uwch na sibrydiad ac yn rhythu â rhyw fath o barchus ofn ar y moethusrwydd anhygoel, ar y gwlâu a'u matresi plu, y drychau, y soffa blew ceffyl, y carped o Frwsel, lithograff y Frenhines Victoria uwchben y silff ben tân yn y stafell fyw. Ar ddod i lawr y grisiau roeddent pan welsant fod Modlen ar goll. O fynd yn eu holau, cafodd y gweddill ei bod wedi aros ar ôl yn y llofft orau. Aethai â darn o ruban glas o fwrdd gwisgo Misus Jôs ac fe'i daliai yr erbyn ei hysgwydd a'i hedmygu ei hun yn y drych mewn dull gwirion iawn. Darfu i'r lleill ei dwrdio'n chwyrn ac aethant allan. Aethpwyd â hamiau oedd yn crogi yn y gegin allan i'w claddu a rhoddodd Bocsar y farwol i gasgen o gwrw yn y gegin gefn â chic o'i garn, ond ar wahân i hynny ni chyffyrddwyd â dim yn y tŷ. Penderfynwyd yn unfryd yn y fan a'r lle y dylid cadw'r tŷ ffarm yn amgueddfa. Roedd pawb yn gytûn na ddylai'r un anifail fyth fyw yno.

Bwytaodd yr anifeiliaid eu brecwast ac wedyn fe'u galwodd Cadwal a Napoleon ynghyd eto.

"Gymrodyr," meddai Cadwal, "mae hi'n hanner awr wedi chwech ac mae gennym ddiwrnod maith o'n blaenau. Heddiw dechreuwn y cynhaeaf gwair. Ond mae yna beth arall mae gofyn mynd ar ei ôl gynta."

Bellach datgelodd y moch eu bod ers tri mis yn eu dysgu'u hunain i ddarllen a sgrifennu o hen lyfr sillafu fuasai'n perthyn i blant Mistar Jôs ac a daflwyd ar y domen sbwriel. Anfonodd Napoleon am botiau o baent du a gwyn ac arwain y ffordd i lawr i'r llidiart pum bar arweiniai at y lôn bost. Wedyn cododd Cadwal (Cadwal oedd y giamstar ar sgrifennu) frwsh rhwng dau o figyrnau ei droed a phaentio dros FOEL Y FAENOL ar far ucha'r llidiart a phaentio FOEL YR ANIFEILIAID yn ei le. Hwn fyddai enw'r ffarm o hyn allan. Wedyn aethant yn eu holau i'r beudai lle'r anfonodd Cadwal a Napoleon am ystol a pheri ei gosod ar dalcen y sgubor fawr. Yn sgil eu hastudiaethau ers tri mis, medden nhw, medrodd y moch grynhoi egwyddorion Anifeiliaeth yn saith gorchymyn. Bellach câi'r saith gorchymyn hyn eu sgrifennu ar y wal yn ddeddfau digyfnewid a rhaid i'r holl anifeiliaid ar Foel yr Anifeiliaid fyw yn unol â nhw byth wedyn. Gyda chryn drafferth (nid peth hawdd i fochyn mo sefyll yn syth ar ystol) dringodd Cadwal i fyny a bwrw iddi, a Wil y Wich ffon neu ddwy o dano'n dal y pot paent. Sgrifennwyd y gorchmynion ar y wal goltariog mewn llythrennau mawr gwyn y gellid eu darllen ddecllath ar hugain i ffwrdd. Dyma eu byrdwn:

Y SAITH GORCHYMYN

1. *Gelyn yw pa beth bynnag a rêd ar ddwy goes.*
2. *Cyfaill yw pa beth bynnag a rêd ar bedair coes.*
3. *Rhaid i'r un anifail beidio â gwisgo dillad.*
4. *Rhaid i'r un anifail beidio â chysgu mewn gwely.*
5. *Rhaid i'r un anifail beidio ag yfed diod gadarn.*
6. *Rhaid i'r un anifail beidio â lladd anifail arall.*
7. *Mae anifeiliaid oll yn gydradd.*

Roeddent wedi'u sgrifennu'n dwt iawn a'r sillafu, heblaw am "Cyfaill" wedi'i sgrifennu "Cyfeill" ac un S o chwith, yn gywir o'r dechrau i'r diwedd. Fe'u darllenodd Cadwal yn uchel er mwyn y gweddill. Nodiodd yr anifeiliaid i gyd yn unfryd gytûn ac ar eu hunion dechreuodd y rhai mwy peniog eu dysgu ar eu cof.

"Rŵan, gymrodyr," meddai Cadwal yn frwd, gan daflu'i frwsh paent ar lawr, "i'r cae gwair! Dowch i ni'i gwneud yn ddyletswydd arnom orffen y cynhaeaf yn gynt nag y medrai Jôs a'i weision."

Ond y munud hwnnw dechreuodd y tair buwch, oedd i'w gweld yn anniddig ers peth amser, frefu nerth esgyrn eu pennau. Roedden nhw heb eu godro ers pedair awr ar hugain a'u pyrsiau ar fostio. Ar ôl meddwl am ennyd anfonodd y moch am fwcedi a godro'r gwartheg yn bur llwyddiannus, a'u traed yn addas at y dasg. Cyn pen dim roedd yno bum bwcedaid o lefrith hufennog ewynnog ac edrychai llawer o'r anifeiliaid arnynt â chryn ddiddordeb.

"Be sy'n mynd i ddigwydd i'r holl lefrith 'na?" meddai rhywun.

"Mi fyddai Jôs yn cymysgu peth yn ein llith ni," meddai un o'r ieir.

"Hidiwch chi befo'r llefrith, gymrodyr!" gwaeddodd Napoleon, gan ei osod ei hun o flaen y bwcedi. "Mi neith rhywun ymorol amdano fo. Mae'r cynhaea'n bwysicach. Cymrawd Cadwal geith ledio'r ffordd. Mi ddilyna i cyn pen munud neu ddau. I'r gad, gymrodyr! Mae'r gwair yn ein haros."

Felly i ffwrdd â'r anifeiliaid i'r cae gwair i ddechrau'r cynhaeaf a phan ddaethant yn eu holau fin nos sylwyd bod y llefrith wedi diflannu.

Y Drydedd Bennod

Y fath chwys a llafur fu cael pen ar y cynhaeaf gwair! Ond roedd eu hymdrechion yn werth chweil gan fod y cynhaeaf yn well hyd yn oed na'r disgwyl.

Weithiau roedd yn waith caled; nid i anifeiliaid, ond i fodau dynol y lluniwyd yr offer ac roedd yn dipyn o rwystr nad oedd yr un anifail yn medru defnyddio teclyn ofynnai iddo sefyll ar ei goesau ôl. Ond roedd y moch mor beniog fel y medrent daro ar ateb i bob anhawster. O ran y ceffylau, roeddent yn gyfarwydd â phob cam o'r cae a mewn gwirionedd yn fwy cybyddus o lawer â'r gwaith pladuro a chribinio nag y buasai Jôs a'i weision erioed. Doedd y moch ddim yn gweithio fel y cyfryw, ond cyfarwyddent a goruchwylio'r lleill. A chanddynt fwy yn eu pennau, wrth reswm nhw oedd piau cymryd yr awenau. Byddai Bocsar a Blodwen yn eu harneisio'u hunain wrth y torrwr neu'r gribin geffyl (doedd dim gofyn genfeydd na ffrwynau y dyddiau hyn wrth gwrs) ac yn clocsio'n ddi-sigl rownd a rownd y cae a mochyn yn cerdded y tu ôl yn gweiddi "Ji, gymrawd!" neu "Wê, gymrawd!" yn ôl y gofyn. A gweithiai pob anifail, hyd at y mwyaf distadl, yn troi'r gwair a'i hel. Bustachai hyd yn oed y gwyddau a'r ieir yn ôl ac ymlaen drwy'r dydd yn yr haul, yn cario tyffiau bychain o wair yn eu pigau. Yn y diwedd daethant â'r cynhaeaf i ben o fewn deuddydd yn llai nag oedd gofyn i Jôs a'i weision fel arfer. Ar ben hynny dyma'r cynhaeaf mwyaf welsai'r ffarm erioed. Doedd dim rhithyn o wastraff; roedd yr ieir a'r hwyaid llygatgraff wedi hel y cwbl hyd at y coesyn olaf un. A'r un o'r anifeiliaid ar y ffarm wedi dwyn cymaint â chegiad.

Ar hyd yr haf hwnnw aeth gwaith y ffarm yn ei flaen fel cloc. Roedd yr anifeiliaid yn hapus y tu hwnt i ddychymyg. Roedd pob cegiad o fwyd yn bleser ym mhwll eu calonnau, bellach eu bwyd nhw go iawn, wedi'i gynhyrchu ganddyn nhw'u hunain ac iddyn nhw'u hunain, yn lle eu bod yn cael dogn drwy law meistr crintachlyd. Wedi cael lle'r dynion da i ddim fel chwain ar eu cefnau, roedd yna fwy o fwyd i bawb. Roedd mwy o hamdden hefyd, serch diffyg profiad yr anifeiliaid. Daeth llawer o anawsterau i'w rhan – er enghraifft, yn ddiweddarach ar y flwyddyn ar adeg y cynhaeaf ŷd roedd gofyn iddyn nhw'i sathru yn yr hen ddull a chwythu'r mân us i ffwrdd â'u gwynt gan nad oedd gan y ffarm injan ddyrnu – ond deuent i'r lan bob gafael, diolch i'r pennau ar ysgwyddau'r moch a chyhyrau aruthrol Bocsar. Roedd pawb yn dotio at Bocsar. Buasai'n weithiwr caled hyd yn oed yn oes Jôs, ond roedd bellach yn debycach i dri cheffyl nag un; o bryd i'w gilydd roedd hi fel petai holl bwysau gwaith y ffarm ar ei sgwyddau enfawr. O fore gwyn tan nos roedd wrthi'n gwthio ac yn halio, bob gafael yn y fan lle'r oedd y gwaith ar ei galetaf. Gwnaethai drefniant ag un o'r ceiliogod i'w ddeffro yn y bore hanner awr ynghynt na phawb arall a gweithiai o'i wirfodd lle bynnag roedd yr angen mwyaf cyn dechrau gwaith arferol y dydd. Ei ateb i bob problem, pob rhwystr oedd "Mi weithia i'n g'letach!" – a dyna fabwysiadodd yn arwyddair personol.

Ond gweithiai pawb hyd y gallai. Arbedodd yr ieir a'r hwyaid, er enghraifft, ddau lestriad o ŷd adeg y cynhaeaf drwy hel y grawn coll. Doedd neb yn dwyn, neb yn cwyno dros ei ddogn, roedd y ffraeo a'r brathu a'r genfigen fuasai'n gymaint ran o fywyd yn yr hen ddyddiau bron wedi diflannu. Doedd neb yn stelcian – neu agos i neb. Mae'n wir nad oedd Modlen yn foregodwr a thueddai i adael gwaith yn gynnar am fod carreg yn ei charn. Ac roedd ymddygaid y gath braidd yn rhyfedd. Buan y daeth i sylw nad oedd dim golwg o'r gath pan oedd gwaith i'w wneud. Byddai'n diflannu am oriau bwy'i gilydd ac wedyn yn dod i'r fei amser bwyd neu gyda'r nos pan oedd gwaith ar ben, fel petai dim wedi digwydd. Ond gwnâi esgusion mor rhagorol bob gafael a chanu grwndi mor hoffus fel nad oedd dim modd peidio â choelio'i bwriadau da. Roedd Eban, yr hen ful, fel petai heb newid ers y Chwyldro. Gwnâi ei waith yn yr un modd araf, cyndyn ag yn oes Jôs, byth yn stelcian na byth yn ymgynnig at waith dros ben chwaith. Ni wnâi er dim leisio barn ar y Chwyldro a'i ganlyniadau. Pan ofynnid iddo siawns nad oedd yn fwy bodlon ei fyd nag yn oes Jôs, ddywedai ddim ond "Mae mulod yn byw oes faith. Does 'na'r un ohonach chi wedi gweld mul marw." Ac roedd gofyn i'r lleill ymfodloni ar yr ateb dirgel yma.

Doedd dim gwaith ar y Sul. Roedd brecwast awr yn hwyrach nag arfer ac ar ôl brecwast seremoni a gedwid bob wythnos yn ddi-ffael. Yn gyntaf codid y faner. Yn y cwt tresi cawsai Cadwal hyd i un o hen lieiniau bwrdd gwyrdd Misus Jôs a pheintio carn a chorn gwyn arno. Codid hwn ar y polyn fflag yng ngardd y tŷ ffarm bob bore Sul. Roedd y faner yn wyrdd, eglurodd Cadwal, i gynrychioli caeau gleision Cymru ac ystyr y carn a'r corn oedd Gweriniaeth yr Anifeiliaid ddydd a ddaw a ymgodai ar ôl dymchwel teulu dyn o'r diwedd. Ar ôl codi'r faner ymlwybrai'r anifeiliaid i gyd i'r sgubor fawr i'r cynulliad cyffredinol o'r enw'r Cyfarfod. Yma y cynllunnid gwaith yr wythnos i ddod, a rhoi cynigion ger bron i'w trafod. Deallai'r anifeiliaid eraill sut i fwrw pleidlais ond ni fedrent fyth feddwl am eu cynigion eu hunain. Cadwal a Napoleon oedd y mwyaf gweithredol o bell ffordd yn y trafodaethau. Ond sylwyd nad oedd y ddau yma fyth yn gytûn: pa awgrym bynnag wnâi'r naill doedd dim dwywaith na fyddai'r llall yn ei wrthwynebu.

Hyd yn oed pan benderfynwyd – rhywbeth na allai neb ei wrthwynebu ynddo'i hun – neilltuo'r cae bach y tu ôl i'r berllan yn gartref gorffwys i anifeiliaid wedi mynd ar eu hen sodlau, cafwyd dadl chwyrn dros oed ymddeol iawn pob math o anifail. Deuai'r Cyfarfod i ben bob amser â chanu *Glân Fwystfilod Cymru* ac yn y pnawn hamddena oedd piau hi.

Rhoesai'r moch y cwt tresi o'r neilltu'n bencadlys iddynt eu hunain. Yma, gyda'r nos, astudient waith gof, gwaith coed a chrefftau angenrheidiol eraill o lyfrau o'r tŷ ffarm. Aeth Cadwal ati hefyd i drefnu'r anifeiliaid eraill yn beth alwai'n Bwyllgorau Anifeiliaid. Yn hyn o beth roedd yn ddiflino. Ffurfiodd y Pwyllgor Cynhyrchu Wyau i'r ieir, yr Urdd Cynffonau Glân i'r gwartheg, Pwyllgor Ailaddysgu'r Cymrodyr Gwyllt (diben hwn oedd dofi'r llygod mawr a'r cwningod), y Mudiad Gwlân Gwynnach i'r defaid, ac amryw at hynny, heblaw cychwyn dosbarthiadau darllen a sgrifennu. At ei gilydd methiant fu hanes y mentrau hyn. Aeth yr ymdrech i ddofi'r creaduriaid gwyllt, er enghraifft, i'r gwellt bron yn syth. Dalient i ymddwyn megis cynt ac o'u trin yn hael cymryd mantais wnaent. Ymunodd y gath â'r Pwyllgor Ailaddysgu ac roedd yn bur weithgar am rai dyddiau. Fe'i gwelwyd un diwrnod yn eistedd ar ben to ac yn sgwrsio ag adar to oedd allan o'i chyrraedd. Roedd yn dweud wrthynt fod anifeiliaid bellach i gyd yn gymrodyr ac y gallai unrhyw aderyn to a fynnai ddod i glwydo ar ei phawen, ond cadw draw wnaeth yr adar to.

Roedd mynd mawr, fodd bynnag, ar y dosbarthiadau darllen a sgrifennu. Erbyn yr hydref roedd agos i bob anifail ar y ffarm yn llythrennog i ryw raddau.

O ran y moch, medrent eisoes ddarllen a sgrifennu'n berffaith. Dysgodd y cŵn ddarllen yn weddol ond doedd ganddyn nhw ddim diddordeb mewn darllen dim heblaw'r Saith Gorchymyn. Medrai Malltwen, yr afr, ddarllen dipyn gwell na'r cŵn ac weithiai darllenai i'r lleill gyda'r nos o bytiau o bapur newydd a gâi ar y domen sbwriel. Medrai Eban ddarllen gystal â'r un mochyn ond arferai fyth mo'i ddawn. Cyn belled ag y gwyddai yntau, meddai, doedd yna'r un dim gwerth ei ddarllen. Dysgodd Blodwen yr wyddor ar ei hyd ond ni fedrai roi geiriau at ei gilydd. Fedrai Bocsar ddim mynd ymhellach na'r llythyren Dd. Byddai'n amlinellu A, B, C, Ch, D, Dd yn y llwch â'i garn mawr ac wedyn moeli'i glustiau a sefyll yn rhythu ar y llythrennau, weithiau'n ysgwyd blaen ei fwng, yn gwneud ei orau glas i gofio beth ddeuai nesaf a heb fyth ddod i'r lan. Sawl gwaith, yn wir, dysgodd E, F, Ff, G, H ond erbyn eu bod ar ei gof ceid ei fod wedi anghofio A, B, C, Ch, D, Dd. Yn y diwedd penderfynodd fodloni ar y chwe llythyren gyntaf a byddai'n eu sgrifennu unwaith neu ddwy bob dydd i roi proc i'w gof. Gwrthododd Modlen ddysgu dim ond y chwe llythyren sillafai ei henw ei hun. Byddai'n llunio'r rhain yn dwt iawn o briciau bach ac wedyn eu haddurno â blodyn neu ddau a cherdded o'u cwmpas i'w hedmygu.

Fedrai'r un o'r anifeiliaid eraill ar y ffarm dreiddio ymhellach na'r llythyren A. Cafwyd hefyd fod yr anifeiliaid mwy twp megis y defaid, yr ieir a'r hwyaid, yn methu dysgu'r Saith Gorchymyn ar eu cof. Wedi hir bendroni cyhoeddodd Cadwal y gellid crynhoi'r Saith Gorchymyn i bob pwrpas yn un wireb, sef: "Da bedeirgoes, drwg ddwygoes". Roedd hyn, meddai, yn cynnwys egwyddor hanfodol Anifeiliaeth. Byddai'r neb a'i deallai'n drylwyr yn ddiogel rhag dylanwadau dynol. I ddechrau gwrthwynebai'r adar gan mai, i'w tyb nhw, dwy goes oedd ganddyn nhw ond profodd Cadwal iddynt nad felly yr oedd.

"Organ yriannol ydi adain aderyn," meddai, "ac nid llawdrin. Dylid felly synio amdani fel coes. Nod amgen dyn ydi'r *llaw*, yr offeryn mae'n ei ddefnyddio i wneud ei holl anfadwaith."

Ddeallai'r adar ddim ar eiriau hir Cadwal ond roeddent yn chwannog i dderbyn ei eglurhad ac aeth yr holl werin gaws ymhlith yr anifeiliaid ati i ddysgu'r wireb newydd ar eu cof. Sgrifennwyd DA BEDEIRGOES, DRWG DDWYGOES ar dalcen y sgubor uwchlaw'r Saith Gorchymyn a mewn llythrennau mwy. Unwaith roedd hi ganddynt ar eu cof magodd y defaid hoffter mawr at y wireb yma ac yn aml ar eu gorwedd yn y cae byddent i gyd yn dechrau brefu "Da bedeirgoes, drwg ddwygoes! Da bedeirgoes, drwg ddwygoes!" ac yn dal i fynd am oriau bwy'i gilydd heb fyth alaru arni.

Nid ymddiddorai Napoleon rithyn ym mhwyllgorau Cadwal. Roedd addysg y to sy'n codi, meddai, yn bwysicach nag unrhyw beth y gellid ei wneud dros y rheini oedd eisoes yn eu hoed a'u hamser. Fel y digwyddai bwriasai Jini a Gladys ill dwy genau toc wedi'r cynhaeaf gwair a geni rhyngddynt naw ci bach praff. Cyn gynted ag yr oeddent wedi'u dyfnu aeth Napoleon â nhw oddi ar eu mamau a dweud yr ymorolai yntau am eu haddysg. Aeth â nhw i daflod nad oedd modd ei chyrraedd ond ar ystol o'r cwt tresi a'u cadw yno wedi'u neilltuo a buan yr anghofiodd gweddill y ffarm amdanynt.

Buan hefyd y datryswyd dirgelwch y llefrith. Fe'i cymysgid bob dydd yn llith y moch. Roedd yr afalau cynnar bellach yn aeddfedu a gwellt y berllan yn frith gan afalau cwymp. Tybiasai'r anifeiliaid, heb feddwl ddwywaith, y caent eu rhannu'n gyfartal; un diwrnod, fodd bynnag, daeth y gorchymyn i hel yr afalau cwymp i gyd a dod â nhw i'r cwt tresi at ddefnydd y moch. Ar hyn dechreuodd rhai o'r anifeiliaid eraill rwgnach dan eu gwynt ond doeddent ddim callach. Yn hyn o beth roedd y moch i gyd yn gytûn, hyd yn oed Cadwal a

Napoleon. Anfonwyd Wil y Wich i esbonio beth oedd angen i'r lleill.

"Gymrodyr!" gwaeddodd. "Dach chi ddim yn meddwl, gobeithio, ein bod ni foch yn gneud hyn o ran hunanoldeb a braint? A deud y gwir, gas gan lawer ohonom lefrith a fala. Dda gin inna mohonyn nhw. O fynd â'r petha yma, ein hunig nod ydi cadw ein hiechyd. Mae i lefrith a 'fala (profwyd hyn gan Wyddoniaeth, gymrodyr) betha sy'n gwbl hanfodol i les mochyn. Gweithwyr yr ymennydd ydan ni foch. Mae rheoli a threfnu'r ffarm yma'n dibynnu'n gyfan gwbwl arnon ni. Ddydd a nos rydan ni'n gofalu am eich lles chi. Er eich mwyn *chi* rydan ni'n yfed y llefrith 'na ac yn bwyta'r 'fala 'na. Wyddoch chi be fasa'n digwydd tasan ni foch yn methu yn ein dyletswydd? Mi fasa Jôs yn dod ei ôl! Basa, mi fasa Jôs yn dod yn ei ôl! Siawns, gymrodyr," harthiodd Wil y Wich, bron yn crefu, gan sboncio o'r naill ochr i'r llall a chan chwipio'i gynffon, "siawns nad oes 'na'r un yn eich plith chi sydd am weld Jôs yn dod yn ei ôl?"

Os oedd yna un peth y gwyddai'r anifeiliaid i sicrwydd, nad oedd arnyn nhw eisiau gweld Jôs yn dod yn ei ôl roedd hwnnw. O glywed egluro'r mater iddynt fel yna, doedd ganddynt ddim eto i'w ddweud. Roedd pwysigrwydd cadw'r moch yn dda eu hiechyd yn amlwg. Felly cytunwyd heb ddadlau pellach y cedwid y llefrith a'r afalau cwymp (ac at hynny prif gnwd yr afalau pan aeddfedent) i'r moch yn unig.

Y Bedwaredd Bennod

Erbyn diwedd yr haf aethai newydd y digwyddiadau ar Foel yr Anifeiliaid ar gyrn a phibau dros hanner y sir. Bob dydd anfonai Cadwal a Napoleon heidiai o golomennod dan gyfarwyddyd cymysgu â'r anifeiliaid ar ffermydd cyfagos, adrodd stori'r Chwyldro iddynt a dysgu iddynt alaw *Glân Fwystfilod Cymru.*

Treuliasai Mistar Jôs y rhan fwyaf o'r cyfnod yma'n eistedd ym mar y Llew Coch yn Rhostirmwyn yn cwyno wrth y neb a fynnai wrando am yr anghyfiawnder enbyd ddaethai i'w ran yn cael ei droi dros ddrws ei eiddo ei hun gan giwed o anifeiliaid da i ddim. Cydymdeimlai'r ffermwyr eraill o ran egwyddor ond i ddechrau ychydig o help llaw roesant iddo. Yn y bôn roedd pob un yn meddwl yn ddistaw bach tybed allai rywsut droi anffawd Jôs yn ddŵr i'w felin ei hun. Drwy lwc doedd yna fawr o Gymraeg rhwng perchnogion y ddwy ffarm am y terfyn â Foel yr Anifeiliaid. Ffarm fawr hen ffasiwn o'r enw Cwrt-y-Cadno oedd y naill, wedi mynd i'r cŵn a'r brain, llawer ohoni wedi mynd dan goetir, ei phorfeydd i gyd wedi'u sbyddu a'i gwrychoedd yn gywilydd gwlad. Ffarmwr hamdden didaro oedd ei pherchennog, Mistar Lloyd-Percy, a dreuliai'r rhan fwyaf o'i amser yn pysgota neu'n hela yn ôl y tymor. Roedd y ffarm arall, o'r enw Cae Cribyn, yn llai ac yn fwy destlus. Mistar Wilias oedd ei pherchennog, gŵr garw, henffel, ynghlwm ag achosion cyfraith byth a hefyd ac yn cael y gair o daro bargen galed. Roedd gan y ddau yma gymaint o gas at ei gilydd fel ei bod yn anodd iddynt ddod i gytundeb ar ddim, hyd yn oed i warchod eu buddiannau eu hunain.

Serch hynny roedd y ddau wedi dychryn ar eu hyd gan y gwrthryfel ar Foel yr Anifeiliaid ac yn chwannog iawn i nadu i'w hanifeiliaid eu hunain ddod i wybod gormod amdano. I ddechrau cogiodd y ddau chwerthin am ben y syniad o anifeiliaid yn rheoli ffarm ar eu pennau'u hunain. Deuai'r holl gybôl i ben cyn pen pythefnos, meddent. Rhoesant y si ar led bod yr anifeiliaid ar Foel y Faenol (mynnent ei galw'n Foel y Faenol, wnaen nhw ddim addef er dim yr enw "Foel yr Anifeiliaid") yn ymladd ymhlith ei gilydd byth a hefyd a'u bod at hynny'n cyflym lwgu i farwolaeth. Gyda threigl amser, a'r anifeiliaid yn amlwg heb lwgu i farwolaeth, newidiodd Wilias a Lloyd-Percy eu tiwn a dechrau sôn am y drygioni ofnadwy oedd bellach yn rhemp ar Foel yr Anifeiliaid. Honnid bod yr anifeiliaid yno wedi troi at ganibaliaeth, eu bod yn arteithio'i gilydd â phedolau gwynias ac yn meddiannu eu beinw ar y cyd. Dyma beth oedd i'w gael o wrthryfela yn erbyn deddfau Natur, meddai Wilias a Lloyd-Percy.

Fodd bynnag, ni roddid fyth lawn gred ar y straeon hyn. Daliai sïon i fynd ar led, yn niwlog ac wedi'u hystumio – sïon am ffarm fendigedig, lle trowyd y dynion dros y drws a'r anifeiliaid yn rheoli eu pethau eu hunain – a thrwy'r flwyddyn gron rhedodd ton wrthryfelgar ar hyd y fro. Yn sydyn gwelid teirw fuasai'n wastad yn hywedd yn troi'r filain, torrai defaid y gwrychoedd a llowcio'r meillion, troai gwartheg y bwced, nogiai helfeirch a thaflu'u marchogion dros y ffens. Yn anad dim, roedd alaw *Glân Fwystfilod Cymru* a hyd yn oed ei geiriau yn adnabyddus ym mhob man. Aethai ar daen yn gyflym i'w ryfeddu. Gwylltiai'r dynion yn gandryll pan glywent y gân yma, er eu bod yn cogio meddwl ei bod yn chwerthinllyd. Fedren nhw ddim deall yn eu byw, meddent, sut y gallai hyd yn oed anifeiliaid eu dwyn eu hunain i ganu'r fath sothach gwaradwyddus. Câi unrhyw anifail ddalient yn ei chanu ei chwipio yn y fan a'r lle. Ac eto doedd dim ffrwyno ar y gân. Fe'i chwibanai'r adar du yn y gwrychoedd, fe'i cŵai'r colomennod yn y llwyfain, sleifiodd i dwrw gefeiliau'r gofaint a chnul clychau'r eglwys. A phan wrandawai'r dynion arni, yn ddistaw bach crynent yn eu sodlau gan glywed ynddi ddarogan eu tranc i ddod.

Ddechrau mis Hydref, a'r ŷd wedi'i fedi a'i dasu a pheth ohono eisoes wedi'i ddyrnu, chwyrlïodd haid o golomennod drwy'r awyr a glanio ym muarth Foel yr Anifeiliaid yn gyffro gwyllt. Daethai Jôs a'i weision, ynghyd â hanner dwsin arall o Gwrt-y-Cadno a Chae Cribyn, drwy'r llidiart pum bar ac roeddent ar eu ffordd i fyny'r lôn drol i'r ffarm. Roedd ganddyn nhw i gyd ffyn heblaw am Jôs, oedd yn martsio ar y blaen â gwn yn ei ddwylo. Roedd yn amlwg eu bod am roi cynnig ar adfeddiannu'r ffarm.

Hir y disgwylid hyn ac roedd popeth yn barod yn ei le. Astudiasai Cadwal hen lyfr o ymgyrchoedd Iwl Cesar gawsai yn y tŷ ffarm ac yntau oedd yn ben ar y gweithrediadau amddiffyn. Rhoes ei orchmynion yn ddiymdroi ac ymhen munud neu ddau roedd pob anifail yn ei le.

Fel y dynesai'r dynion at y beudai, lansiodd Cadwal ei ymosodiad cyntaf. Ehedodd y colomennod i gyd, yn gwmni o bymtheg ar hugain, yn ôl ac ymlaen uwch pennau'r dynion a gollwng eu baw arnynt o'r awyr, a thra oedd y dynion yn mynd i'r afael â hyn rhuthrodd y gwyddau, fuasai'n cuddio'r tu ôl i'r gwrych, allan a phigo crothau eu coesau'n ffyrnig. Fodd bynnag, dim ond manwfr sgarmesu bach oedd hwn i greu tipyn bach o anhrefn, a buan yr heliodd y dynion y gwyddau â'u ffyn. Bellach lansiodd Cadwal ei ail linell ymosod. Rhuthrodd Malltwen, Eban a'r holl ddefaid a Cadwal ar eu blaen, yn eu blaenau a phrocio a chornio'r dynion o bob tu, tra throdd Eban yn ei unfan a'i chynnig hi iddynt â'i garnau bychain. Ond unwaith eto bu'r dynion, efo'u ffyn a'u sgidiau hoelion, yn drech na nhw; ac yn sydyn, ar wich gan Cadwal, sef yr arwydd cilio, trodd yr anifeiliaid i gyd a ffoi drwy agoriad y llidiart i'r buarth.

Rhoes y dynion floedd fuddugoliaethus. Yn eu tyb nhw gwelsant eu gelynion ar ffo, a rhuthro ar eu holau mewn anhrefn. Dyma union fwriad Cadwal. Gydag yr oeddent ymhell i'r buarth, yn sydyn dyma'r tri cheffyl, y tair buwch a gweddill y moch fuasai'n llechu yn y beudy yn dod i'r fei y tu ôl iddynt gan eu rhwystro rhag ffoi. Rŵan rhoes Cadwal yr arwydd i ruthro. Cythrodd yntau'n syth am Jôs. Fe'i gwelodd Jôs yn dod, codi ei wn a thanio. Rhychodd yr haels strepiau gwaedlyd ar hyd cefn Cadwal a syrthiodd dafad yn farw. Heb oedi am ennyd hyrddiodd Cadwal ei bymtheg stôn yn erbyn coesau Jôs. Lluchiwyd Jôs i domen dail a saethodd ei wn o'i ddwylo. Ond y sioe fwyaf brawychus oll oedd Bocsar, yn codi ar ei goesau ôl ac yn taro â'i garnau pedolog enfawr fel stalwyn. Darfu i'w ergyd gyntaf un daro un o'r gweision stabl o Gwrt-y-Cadno ar ei benglog a'i ymestyn yn gelain yn y mwd. O weld hynny, gollyngodd amryw o'r dynion eu ffyn a cheisio cymryd y goes wedyn rhusio'n lân, a chyn pen dim roedd yr holl anifeiliaid gyda'i gilydd yn rhedeg ar eu holau rownd a rownd y buarth. Cawsant eu twlcio, eu cicio, eu brathu, eu sathru. Doedd yna'r un anifail ar y ffarm na ddialodd arnynt yn ôl ei ddull ei hun. Hyd yn oed y gath, a lamodd yn sydyn oddi ar do ar sgwyddau cowmon a chladdu ei hewinedd yn ei wddw a chael ganddo floeddio'n erchyll. Ar ennyd pan oedd yr agoriad yn glir roedd y dynion yn ddigon balch o ruthro allan o'r buarth a'i gwadnu hi am y lôn bost. Ac felly o fewn pum munud i'w cyrch roeddent ar ffo dan warth ar hyd yr un ffordd ag y daethant, a haid o wyddau yn hisian ar eu holau ac yn pigo crothau eu coesau'r holl ffordd.

Roedd y dynion i gyd wedi mynd heblaw un. Yn ei

ôl yn y buarth roedd Bocsar yn pystylad y gwas stabl a orweddai wyneb i waered yn y mwd, yn ceisio ei droi drosodd. Syflodd y bachgen ddim gewyn.

"Mae o wedi marw," meddai Bocsar yn ddigalon. "Doeddwn i ddim ar feddwl gneud hynny. Anghofiais i fy mod i'n gwisgo sgidiau haearn. Pwy goelith na wnes i mo hyn o fwriad?"

"Tyd at dy goed, gymrawd!" meddai Cadwal, y gwaed yn dal i ddiferu o'i glwyfau. "Rhyfel ydi rhyfel. Yr unig fod dynol da ydi un marw."

"Does arna i ddim isio lladd, hyd yn oed dyn," meddai Bocsar wedyn, ei lygaid yn llawn dagrau.

"Lle mae Modlen?" meddai rhywun yn sydyn.

Yn wir roedd Modlen ar goll. Am funud roedd dychryn mawr; ofnid bod y dynion wedi gwneud rhyw niwed iddi, neu hyd yn oed ei chludo i ffwrdd i'w canlyn. Yn y diwedd, fodd bynnag, fe'i cafwyd yn cuddio yn ei chôr a'i phen yn y gwair yn y mansier. Roedd wedi ffoi cyn gynted ag y saethodd y gwn cyntaf. A phan ddaeth y lleill yn eu holau o chwilio amdani cafwyd bod y gwas stabl, dim ond wedi'i daro'n anymwybodol, eisoes wedi dod ato'i hun a chymryd y goes.

Roedd yr anifeiliaid bellach wedi ymgynnull drachefn mewn cynnwrf gwyllt, pob un yn adrodd ei wrhydri yn y frwydr nerth esgyrn ei ben. Cynhaliwyd dathliad digymell o'r frwydr yn y fan a'r lle. Codwyd y faner a chanwyd *Glân Fwystfilod Cymru* sawl gwaith, wedyn rhoddwyd cynhebrwng difrifddwys i'r ddafad a laddwyd a phlannwyd draenen wen ar ei bedd. Ar lan y bedd traddododd Cadwal araith fach a phwysleisio bod gofyn i'r anifeiliaid i gyd fod yn barod i farw dros Foel yr Anifeiliaid pe bai gofyn.

Penderfynodd yr anifeiliaid yn unfryd greu tlws milwrol, "Arwr o Anifail, Dosbarth Cyntaf", a gyflwynwyd yn y fan a'r lle i Cadwal a Bocsar. Medal pres oedd hwn (presynnau meirch mewn gwirionedd gafwyd yn y cwt tresi), i'w wisgo ar y Sul a dyddiau gŵyl. Roedd yna hefyd "Arwr o Anifail, Ail Ddosbarth", a gyflwynwyd wedi ei marw ar y ddafad farw.

Bu mawr drafod ar beth ddylid galw'r frwydr. Yn y diwedd fe'i henwyd yn Frwydr y Beudy gan mai dyna lle caewyd y rhagod. Cawsid gwn Mistar Jôs yn gorwedd yn y mwd ac roedd hi'n hysbys bod cyflenwad o getris yn y ffermdy. Penderfynwyd gosod y gwn wrth droed y polyn fflag, fel gwn mawr, a'i danio ddwywaith y flwyddyn – unwaith ar y deuddegfed o Hydref, blwyddiant Brwydr y Beudy, ac unwaith ar Ddygwyl Ifan, blwyddiant y Chwyldro.

Y Bumed Bennod

A'r gaea'n nesáu deuai Modlen yn helbul mwyfwy. Roedd yn hwyr i'r gwaith bob bore dan yr esgus o fod wedi cysgu'n hwyr a chwynai am boenau rhyfedd er ei bod yn claddu'i bwyd. Ar yr esgus lleiaf rhedai o'r gwaith at y pwll yfed lle safai'n rhythu'n wirion ar ei hadlewyrchiad yn y dŵr. Ond roedd sïon ar led hefyd fod rhywbeth mwy difrifol ar y gweill. Un diwrnod, a Modlen yn cerdded ling-di-long yn ysgafala i'r buarth dan ysgwyd ei chynffon hir ac yn cnoi gweiryn, aeth Blodwen â hi o'r neilltu.

"Modlen," meddai, "mae gin i rywbeth pur ddifrifol i'w ddeud wrthat ti. Y bora 'ma welais i ti'n edrych dros y gwrych rhwng Foel yr Anifeiliaid a Chwrt-y-Cadno. Roedd un o weision Mistar Lloyd-Percy yn sefyll y tu draw i'r gwrych. Ac – roeddwn i'n bell i ffwrdd, ond dwi'n siŵr bron i mi weld hyn – roedd yn sgwrsio efo chdi a titha'n gadael iddo fo roi o bach i dy drwyn di. Be mae hynna'n feddwl, Modlen?"

"Naddo! Ddaru mi ddim! Celwydd!" gwaeddodd Modlen, yn dechrau prancio o gwmpas a phystylad.

"Modlen! Edrych ym myw fy llygad i. Wyt ti'n mynd ar dy lw na doedd y dyn yna ddim yn rhoi o bach i ti?"

"Dio'm yn wir," meddai Modlen wedyn, ond fedrai hi ddim edrych ym myw llygad Blodwen, a'r munud wedyn cymrodd y goes a charlamu i ffwrdd i'r cae.

Dyma rywbeth yn taro pen Blodwen. Heb ddweud gair wrth y lleill aeth i gôr Modlen a throi'r gwair â'i charn. Ynghudd dan y gwair roedd pentwr bach o siwgwr lwmp a sawl sypyn o rubanau o wahanol liwiau.

Dridiau wedyn diflannodd Modlen. Am rai wythnosau wyddai neb ymhle'r oedd hi, wedyn daeth y colomennod â'r gair eu bod wedi'i gweld yr ochr draw i Rostirmwyn, rhwng llorpiau trap cŵn smart wedi'i beintio'n goch a du, yn sefyll y tu allan i dŷ tafarn. Roedd dyn tew wynepgoch mewn clôs pen-glin siec a sebadadus, ac arno olwg tafarnwr, yn rhoi o bach i'w thrwyn ac yn rhoi siwgr lwmp iddi. Roedd ei chôt newydd ei thorri a gwisgai ruban scarlad am flaen ei mwng. Golwg ei bod ar ben ei digon, meddai'r colomennod. Soniodd yr un o'r anifeiliaid am Modlen byth wedyn.

Ym mis Ionawr aeth hi'n dywydd milain o arw. Roedd y ddaear fel haearn a dim modd gwneud dim yn y caeau. Cynhaliwyd cyfarfodydd lawer yn y sgubor fawr ac aeth y moch ati i gynllunio gwaith y tymor i ddod. Bellach cymerid mai'r moch, oedd yn amlwg yn fwy peniog na'r anifeiliaid eraill, a bennai bopeth ynghlwm â pholisi'r ffarm, er bod gofyn cadarnhau eu penderfyniadau gan bleidlais y mwyafrif. Buasai'r cynllun hwn yn gweithio'n iawn oni bai am y dadlau rhwng Cadwal a Napoleon. Tynnai'r ddau yma'n groes ymhle bynnag roedd modd tynnu'n groes. Petai un yn cynnig hau mwy o erwau â haidd doedd dim dwywaith na fyddai'r llall yn mynnu mwy o erwau o geirch, a phetai un yn dweud bod y cae a'r cae i'r dim at fresych, haerai'r llall nad oedd yn dda i ddim ond at wreiddlysiau. Roedd i'r ddau ei ganlynwyr ei hun a chafwyd dadlau ffyrnig. Yn y Cyfarfodydd byddai Cadwal yn aml yn dwyn perswâd ar y mwyafrif â'i areithiau disglair, ond roedd Napoleon yn fwy o law ar ennill yr anifeiliaid o'i du yn yr ysbeidiau rhyngddynt. Roedd yn mynd â hi'n arbennig efo'r defaid. Yn ddiweddar aethai'r defaid i'r arfer o frefu "Da bedeircoes, drwg ddwygoes" yn ei iawn bryd ac allan o'i le ac yn aml byddent yn torri ar draws y Cyfarfod â hyn. Daeth i sylw eu bod yn arbennig o chwannog i roi cychwyn ar "Da bedeircoes, drwg ddwygoes" ar funudau hanfodol yn areithiau Cadwal. Buasai Cadwal yn astudio'n fanwl hen gopïau o'r *Ffarmwr a'r Bridiwr Da Byw* gawsai yn y tŷ ffarm ac roedd ar dân gan gynlluniau newyddbethau a gwelliannau. Soniai'n ddysgedig am ddraenio caeau, silwair a basig slag ac roedd wedi dyfeisio cynllun cymhleth i'r anifeiliaid i gyd ollwng eu tail yn syth yn y caeau, mewn man gwahanol bob dydd, i arbed llafur cludo. Ni chynhyrchai Napoleon mo'r un cynllun, dim ond dweud yn ddistaw bach mai mynd yn ddim fyddai hanes cynlluniau Cadwal, ac roedd fel petai'n aros ei gyfle. Ond o blith eu holl ddadleuon yr halltaf o ddigon oedd yr un dros y felin wynt.

Yn y borfa hir, heb fod ymhell o'r beudai, roedd bryncyn bach, y man uchaf ar y ffarm. Ar ôl bwrw golwg ar y tir, cyhoeddodd Cadwal mai dyma'r lle i'r dim i felin wynt y gellid gwneud iddi weithio dynamo a rhoi pŵer trydan i'r ffarm. Byddai hyn yn goleuo'r corau ac yn eu twymo gefn gaeaf a byddai hefyd yn rhedeg llif gron, melin us, sgleisiwr manglod a pheiriant godro trydan. Chlywsai'r anifeiliaid erioed sôn am ddim byd o'r fath o'r blaen (ffarm hen ffasiwn oedd hi ac iddi ddim ond y peiriannau mwyaf cyntefig) a gwrandawsant yn syn tra deffroai Cadwal yn eu cof luniau peiriannau rhyfeddol wnâi eu gwaith drostynt a hwythau'n pori wth eu pwysau yn y caeau neu'n gwella'u meddyliau â darllen a sgwrsio.

Cyn pen ychydig wythnosau roedd cynlluniau Cadwal wedi'u gweithio i'r pen. Deuai'r manylion mecanyddol gan mwyaf o dri llyfr oedd piau Mistar Jôs — *Mil o Bethau Buddiol I'w Gwneud ar yr Aelwyd, Pob Dyn ei Friciwr ei Hun* a *Trydan i Ddechreuwyr.* Yn gell, defnyddiai Cadwal gwt fuasai gynt i ddeoryddion ac iddo lawr pren llyfn, addas i luniadu arno. Enciliai ei hun yno am oriau bwy'i gilydd. A charreg yn dal ei lyfrau'n agored, darn o sialc yn dynn rhwng migyrnau ei droed, symudai'n chwim yma a thraw, yn tynnu'r naill linell ar ôl y llall ac yn cnewian gan gyffro. Yn raddol tyfodd y cynlluniau'r grynswth cymhleth o granciau ac olwynion cocos, yn gorchuddio mwy na hanner y llawr, a gâi'r anifeiliaid eraill yn gwbl annealladwy ond yn drawiadol iawn. Deuent pob un i weld lluniadau Cadwal o leiaf unwaith y diwrnod. Deuai hyd yn oed yr ieir a'r hwyaid a gwneud eu gorau glas i beidio â sathru ar yr olion sialc. Dim ond Napoleon gadwai draw. O'r cychwyn cyntaf datganodd ei fod yn erbyn y felin wynt. Un diwrnod, fodd bynnag, cyrhaeddodd yn annisgwyl i archwilio'r cynlluniau. Cerddodd yn droetrwm o gwmpas y cwt, craffu ar bob manylyn y cynlluniau a'u synhwyro unwaith neu ddwy, wedyn sefyll am ysbaid yn sbecian arnynt o gil ei lygad; wedyn yn sydyn cododd ei goes, gwneud dŵr am ben y cynlluniau a cherdded allan heb yngan gair.

Roedd amrywiaeth barn ddirfawr drwy hyd a lled y ffarm o ran y felin wynt. Doedd Cadwal ddim yn gwadu y byddai ei chodi'n dipyn o strach. Byddai gofyn cloddio cerrig a'u codi'n furiau, wedyn byddai gofyn gwneud yr hwyliau ac wedyn byddai gofyn dynamos a cheblau. (Ddywedai Cadwal ddim sut y ceid y rhain.) Ond mynnai y byddai modd gwneud y cwbl cyn pen blwyddyn. Ac wedyn, datganodd, gellid arbed cymaint o lafur fel mai dim ond dridiau'r wythnos y byddai gofyn i'r anifeiliaid weithio. Dadleuai Napoleon, ar y llaw arall, mai'r angen taer ar y pryd oedd chwyddo cynhyrchu bwyd, a phetaent yn gwastraffu amser ar y felin wynt y llwgent i farwolaeth pob un. Ymffurfiodd yr anifeiliaid yn ddwy garfan o dan y sloganau, "Bwriwch bleidlais dros Cadwal a'r wythnos dridiau" a "Bwriwch bleidlais dros Napoleon a'r manjier llawn". Eban oedd yr unig anifail na phleidiodd y naill garfan na'r llall. Gwrthodai yntau gredu nac y byddai mwy o fwyd nac y byddai'r felin wynt yn arbed gwaith. Melin wynt ai peidio, meddai, âi bywyd yn ei flaen fel yr aethai yn ei flaen erioed – sef o chwith.

Ar wahân i'r cecru dros y felin wynt, roedd yna'r mater o amddiffyn y ffarm. Sylweddolent yn iawn, er i'r dynion golli'r dydd ym Mrwydr y Beudy, y gallent roi cynnig eilwaith, yn fwy penderfynol, ar adfeddiannu'r ffarm ac adfer Mistar Jôs i'w le. Roedd ganddynt fwy o reswm byth dros wneud hynny gan fod eu trechu wedi mynd ar lafar gwlad a rhusio'r anifeiliaid ar ffermydd eraill fwy fyth. Fel arfer, doedd Cadwal a Napoleon ddim o'r unfarn. Yn ôl Napoleon, be oedd gofyn i'r anifeiliaid ei wneud oedd cael gafael ar arfau tanio a'u hyfforddi'u hunain i'w defnyddio. Yn ôl Cadwal, roedd eisiau iddynt anfon mwy a mwy o golomennod i ysgogi gwrthryfel ymhlith yr anifeiliaid ar ffermydd eraill. Dadleuai'r naill, os na fedrent eu hamddiffyn eu hunain, eu bod yn siŵr o gael eu gorchfygu, a dadleuai'r llall, petai gwrthryfeloedd yn digwydd ym mhob man, na fyddai gofyn iddynt eu hamddiffyn eu hunain. Gwrandawai'r anifeiliaid yn gyntaf ar Napoleon, wedyn ar Cadwal, a methu penderfynu pa un oedd yn iawn; yn wir fe'u caent eu hunain byth a hefyd yn cytuno â'r sawl oedd yn siarad ar y pryd.

O'r diwedd daeth dydd cwblhau cynlluniau Cadwal. Yn y Cyfarfod ar y Sul wedyn rhoddid i bleidlais y cwestiwn o gychwyn gwaith ar y felin wynt ai peidio. A'r anifeiliaid wedi ymgynnull yn y sgubor fawr, safodd Cadwal ar ei draed ac er bod brefu'r defaid yn torri ar ei draws o bryd i'w gilydd rhoes gerbron ei resymau dros bleidio codi'r felin wynt. Wedyn safodd Napoleon i ateb. Dywedodd yn dawel iawn fod y felin wynt yn ffwlbri a'i fod yn cynghori pawb i beidio â phleidleisio drosti, ac eistedd ar ei union; prin ddeg eiliad ar hugain y buasai ar ei draed ac roedd i'w weld bron yn ddifater o ran pa effaith gawsai. Ar hyn llamodd Cadwal at ei draed, gweiddi ar draws y defaid ddechreuasai frefu drachefn ac ymroi i apêl daer o blaid y felin wynt. Hyd yn hyn buasai'r anifeiliaid fwy neu lai'n gyfartal eu pleidgarwch ond cyn pen munud roedd huodledd Cadwal wedi eu cipio. Mewn brawddegau gwresog rhoes ddarlun teg o Foel yr Anifeiliaid fel y gallai fod ar ôl codi llafur iselwael oddi ar gefn yr anifeiliaid. Bellach rhedai ei ddychymyg ymhell y tu hwnt i dorwyr us a sgleiswyr maip. Gallai trydan, meddai, weithio'r injans dyrnu, yr erydr, yr ogau, y rholwyr a'r peiriannau medi a rhwymo, heblaw rhoi ei olau trydan ei hun i bob côr, dŵr poeth ac oer a thwymwr trydan. Erbyn iddo orffen siarad doedd dim dwywaith o blaid pwy yr âi'r bleidlais. Ond ar yr union funud yma safodd Napoleon ar ei draed, bwrw golwg ryfedd ar Cadwal o gil ei lygad ac yngan nâd fain fel na chlywsai neb ganddo o'r blaen.

Ar y gair roedd sŵn ubain brawychus y tu allan a daeth naw ci anferth a choleri â hoelion pres am eu gyddfau i'r sgubor dan lamu a'i sythu hi am Cadwal a sbonciodd o'i le mewn pryd, o drwch blewyn, i ddianc rhag eu safnau brathog. Cyn pen chwinciad roedd allan drwy'r drws a hwythau ar ei ôl. Yn rhy syn ac ofnus i siarad, tyrrodd yr anifeiliaid i gyd drwy'r drws i wylio'r helfa. Rasiai Cadwal ar draws y borfa at y lôn. Rhedai fel na all ond mochyn redeg ond roedd y cŵn yn glòs ar ei sodlau. Yn sydyn llithrodd ac roedd golwg eu bod wedi'i ddal. Wedyn roedd ar ei draed eto, yn rhedeg yn gynt fyth, wedyn roedd y cŵn yn closio ato eto. Bu ond y dim i un ohonynt gau ei safn ar gynffon Cadwal, ond fe'i cipiodd Cadwal o'i afael o drwch blewyn. Wedyn cyflymodd fwy fyth, llithro drwy dwll yn y gwrych o fewn modfedd neu ddwy o gael ei ddal, ac o'r golwg.

Yn ddistaw ac wedi dychryn am eu bywydau sleifiodd yr anifeiliaid yn ôl i'r sgubor. Ymhen munud drybowndiodd y cŵn yn eu holau. I ddechrau ni allasai neb ddirnad o ble daethai'r creaduriaid ond buan y datryswyd y broblem: nhw oedd y cŵn bach yr aethai Napoleon â nhw oddi ar eu mamau a'u magu'n ddistaw bach. Er nad oeddent eto yn eu llawn dwf roeddent yn gŵn anferth ac mor ffyrnig eu golwg â bleiddiaid. Cadwent at sodlau Napoleon. Sylwyd eu bod yn ysgwyd eu cynffonau iddo'r un fath ag y gwnaethai'r cŵn eraill i Mistar Jôs.

Bellach cododd Napoleon, a'r cŵn ar ei ôl, i'r rhan uwch o'r llawr lle safasai Capten gynt i draddodi ei araith. Cyhoeddodd y deuai'r Cyfarfodydd bore Sul i ben o hyn allan. Doedd mo'u hangen, meddai, ac roeddent yn wastraff amser. Yn y dyfodol pwyllgor arbennig o foch ac yntau'n llywydd benderfynai bob mater ynghlwm â gweithio'r ffarm. Cyfarfyddai'r rhain yn breifat ac wedyn trosglwyddo eu penderfyniadau i'r lleill. Byddai'r anifeiliaid yn dal i ymgynnull ar foreau Sul i saliwtio'r faner, i ganu *Glân Fwystfilod Cymru* ac i gael eu gorchmynion am yr wythnos; ond ni fyddai rhagor o drafodaethau.

Er gwaethaf eu hysgytwad yn sgil troi Cadwal allan, bwriwyd yr anifeiliaid oddi ar eu hechel gan y cyhoeddiad yma. Buasai amryw wedi protestio pe gallasent gael y dadleuon iawn. Roedd hyd yn oed Bocsar yn teimlo rhyw anniddigrwydd. Moelodd ei glustiau, ysgwyd blaen ei fwng sawl gwaith a gwneud ei orau glas i hel ei feddyliau ond yn y diwedd ni fedrai feddwl am ddim byd i'w ddweud. Roedd rhai o'r moch eu hunain, fodd bynnag, yn fwy llafar. Rhoes pedwar porchell pesgi yn y rhes flaen wichiadau treiddgar o anghymeradwyaeth a llamodd y pedwar at eu traed a dechrau siarad ar unwaith. Ond yn sydyn dyma'r cŵn ar eu heistedd o gwmpas Napoleon yn chwyrnu'n ddwfn ac yn fygythiol a thawodd y moch ac eistedd drachefn.

Wedyn dechreuodd y defaid frefu "Da bedeirgoes, drwg ddwygoes" dros ben llestri a dal i fynd am agos i chwarter awr a rhoi pen ar unrhyw obaith trafod.

Wedyn anfonwyd Wil y Wich o gwmpas y ffarm i egluro'r drefn newydd i'r lleill.

"Gymrodyr," meddai, "dwi'n hyderu eich bod chi i gyd yn gwerthfawrogi'r aberth ar ran y Cymrawd Napoleon yn ysgwyddo'r llafur ychwanegol yma. Peidiwch â meddwl am funud, gymrodyr, fod arwain yn bleser! Dim o'r fath beth, mae'n gyfrifoldeb dwfn a thrwm. Does yna neb yn credu'n fwy diffuant na'r Cymrawd Napoleon fod anifeiliaid i gyd yn gydradd. Byddai'n fwy na bodlon gadael i chi ddod i'ch penderfyniadau drosoch eich hunain. Ond weithiau allech chi benderfynu o chwith, gymrodyr, ac wedyn lle bydden ni arni? Ddwedwn i eich bod wedi penderfynu dilyn Cadwal, a'i lol am felinau gwynt − Cadwal nad oedd, fel y gwyddom bellach, fawr gwell na throseddwr?"

"Mi ymladdodd yn ddewr ym Mrwydr y Beudy," meddai rhywun.

"Dydi dewrder ddim yn ddigon," meddai Wil y Wich. "Mae teyrngarwch ac ufudd-dod yn bwysicach. A o ran Brwydr y Beudy. I'm tyb i daw'r dydd pan gawn ni fod yna dipyn o orliwio wedi bod ar ran Cadwal ynddi. Disgyblaeth, gymrodyr, disgyblaeth haearnaidd! Dyna'r arwyddair heddiw. Un cam gwag a byddai'n gelynion ar ein gwartha. Siawns, gymrodyr, na does arnoch chi ddim isio gweld Jôs yn ei ôl?"

Unwaith eto roedd y ddadl hon yn ddiymwad. Bid siŵr doedd ar yr anifeiliaid ddim isio gweld Jôs yn ei ôl; os oedd cynnal trafodaethau ar foreau Sul yn debygol o ddod ag o'n ôl, rhaid rhoi pen ar y trafodaethau. Bellach cawsai Bocsar amser i bendroni a rhoes lafar i'r farn gyffredinol drwy ddweud: "Os mai dyna ddywed y Cymrawd Napoleon, rhaid mai dyna sy'n iawn." Ac o hynny allan mabwysiadodd y wireb "Mae Napoleon bob amser yn iawn" yn ogystal â'i arwyddair ei hun sef "Mi weithia i'n g'letach".

Erbyn hyn troesai'r tywydd a dechreusai aredig y gwanwyn. Caewyd y cwt lle lluniai Cadwal ei gynlluniau at y felin wynt a thybid bod y cynlluniau wedi'u dileu oddi ar y llawr. Bob bore Sul am ddeg o'r gloch cynulliai'r anifeiliaid yn y sgubor fawr i gael eu gorchmynion at yr wythnos. Cawsai penglog 'rhen Gapten, bellach yn lân o gnawd, ei dyrchu o'r bedd yn y berllan a'i osod ar fonyn wrth droed y polyn fflag yn ymyl y gwn. Ar ôl codi'r fflag roedd gofyn i'r anifeiliaid orymdeithio heibio i'r penglog yn llawn parch cyn mynd i mewn i'r sgubor. Y dyddiau hyn nid i gyd gyda'i gilydd megis cynt yr eisteddent. Ar du blaen y llwyfan bach eisteddai Napoleon, efo Wil y Wich a mochyn arall o'r enw Cynddelw Brydydd Fychan, a chanddo ddawn ryfeddol cyfansoddi caneuon a cherddi, a'r naw mochyn pesgi mewn hanner cylch o'u blaenau a'r moch eraill yn eistedd y tu ôl iddynt. Eisteddai gweddill yr anifeiliaid yn eu hwynebu yng nghorff y sgubor. Darllenai Napoleon orchmynion yr wythnos mewn dull milwrol sarrug ac ar ôl canu *Glân Fwystfilod Cymru* unwaith âi'r anifeiliaid i gyd ar wasgar.

Y trydydd Sul ar ôl bwrw Cadwal allan, synnodd yr anifeiliaid braidd o glywed Napoleon yn cyhoeddi y codid y felin wynt wedi'r cwbl. Ni roes yr un rheswm dros newid ei feddwl, dim ond rhybuddio'r anifeiliaid y byddai'r dasg dros ben yma'n golygu gwaith caled iawn, hwyrach y byddai hyd yn oed gofyn codi'r rhesel arnynt. Roedd y cynlluniau, fodd bynnag, i gyd wedi'u paratoi hyd y manylyn olaf, a phwyllgor arbennig o foch wrthi arnynt ers tair wythnos. Roedd disgwyl i godi'r felin wynt, ac amryfal welliannau eraill, fod yn waith dwy flynedd.

Y noson honno eglurodd Wil y Wich yn ddistaw bach i'r anifeiliaid eraill na fuasai Napoleon erioed yn erbyn y felin wynt mewn gwirionedd. Ar y llaw arall, fo fuasai o'i phlaid yn y cychwyn cyntaf, ac wedi'i ddwyn o blith papurau Napoleon roedd y cynllun luniasai Cadwal ar lawr y cwt deor. Mewn gwirionedd creadigaeth Napoleon ein hun oedd y felin wynt. Pam felly, gofynnodd rhywun, y siaradodd mor daer yn ei herbyn? Yn y fan hon roedd golwg slei iawn ar Wil y Wich. Enghraifft oedd hynny, meddai, o gyfrwystra Napoleon. *Cogiodd* wrthwynebu'r felin wynt, yn gast i gael gwared â Cadwal, oedd yn gnaf peryglus ac yn ddylanwad drwg. Rŵan eu bod wedi cael lle Cadwal gallai'r cynllun fynd rhagddo heb ei ymyrraeth. Rhywbeth o'r enw tacteg oedd hyn, meddai Wil y Wich. Ac meddai wedyn sawl gwaith, "Tacteg, gymrodyr, tacteg!" dan sboncio o gwmpas ac ysgwyd ei gynffon gan chwerthin yn smala. Wyddai'r anifeiliaid ddim yn iawn beth oedd ystyr y gair ond llefarai Wil y Wich mor argyhoeddiadol a sgyrnygai'r tri chi oedd i'w ganlyn mor fygythiol fel y derbyniwyd ei eglurhad heb holi ymhellach.

Y Chweched Bennod

Y flwyddyn honno gweithiodd yr anifeiliaid fel caethweision drwy'r flwyddyn gron. Ond roeddent wrth eu boddau wrth eu gwaith; doeddent yn gwarafun 'run stryffig nac aberth o wybod mai er eu budd eu hunain a'r rheini o'u hil ddeuai ar eu holau roedd popeth a wnaent ac nid i giwed o ddynion lladronllyd diog.

Drwy gydol y gwanwyn a'r haf buont yn gweithio wythnosau trigain awr ac ym mis Awst cyhoeddodd Napoleon y byddai gwaith ar bnawniau Sul hefyd. Cwbl wirfoddol oedd y gwaith yma ond gwelai unrhyw anifail nad âi iddo gwtogi ei ddogn o hanner. Serch hynny cafwyd bod gofyn gadael rhai tasgau heb eu gwneud. Roedd y cynhaeaf ychydig yn llai llwyddiannus na'r flwyddyn cynt a dau gae y dylsid eu hau â gwreiddlysiau ddechrau'r haf heb eu hau o ddiffyg gorffen yr aredig yn ddigon buan. Roedd modd rhagweld mai gaeaf caled fyddai'r gaeaf i ddod.

Daeth anawsterau annisgwyl yn sgil y felin wynt. Roedd chwarel dda o garreg galch ar y ffarm a chafwyd digonedd o dywod a sment yn un o'r beudai felly roedd yr holl ddeunyddiau adeiladu wrth law. Ond y broblem na fedrai'r anifeiliaid ei datrys i ddechrau oedd sut i dorri'r garreg yn ddarnau o faint addas. Yn ôl pob golwg yr unig ddull o wneud hyn oedd â chaib a throsol na fedrai'r un o'r anifeiliaid eu defnyddio am na fedrent sefyll ar eu coesau ôl. Dim ond ar ôl wythnosau o ymlafnio'n ofer y tarodd rhywun yr hoelen ar ei phen — sef defnyddio grym disgyrchiant. Gorweddai clogfeini enfawr, llawer rhy fawr i'w defnyddio fel yr oeddent, blith draphlith ar wely'r chwarel. Rhwymodd yr anifeiliaid raffau am y rhain ac wedyn, i gyd efo'i gilydd, gwartheg, ceffylau, defaid, unrhyw anifail fedrai afael yn y rhaff – ymunai hyd yn oed y moch ar adegau tyngedfennol – eu llusgo'n enbyd o ara deg i fyny'r llethr i ben y chwarel lle'u dymchwelid dros yr ymyl i falu'n chwilfriw islaw. Roedd cludo'r garreg ar ôl ei thorri yn gymharol syml. Fe'i cludai'r ceffylau fesul llond trol, llusgai'r defaid dalpiau bob yn un, darfu i Malltwen ac Eban hyd yn oed eu hieuo'u hunain wrth hen drap ci a gwneud eu rhan. Erbyn diwedd yr haf casglwyd digon o gelc o garreg ac wedyn dechreuodd yr adeiladu, dan oruchwyliaeth y moch.

Ond roedd yn waith araf, llafurus. Yn aml roedd gofyn diwrnod ar ei hyd o ymlafnio blin i lusgo un clogfaen i ben y chwarel, ac weithiau, o'i wthio dros yr ymyl, ni thorrai. Ni allesid cyflawni dim heb Bocsar: roedd ei nerth fel pe'n gyfartal â nerth gweddill yr anifeiliaid efo'i gilydd. Pan ddechreuai'r clogfaen lithro a'r anifeiliaid yn gweiddi mewn anobaith o'u cael eu hunain yn cael eu llusgo i lawr yr allt, Bocsar bob gafael a ymwthiai yn erbyn y rhaff ac atal y clogfaen. O'i weld yn dygnu arni i fyny'r llethr fesul modfedd, ei wynt yn ei ddwrn, blaenau ei garnau'n pystylad a'i ystlysau enfawr yn chwys domen, roedd pawb yn llawn edmygedd. Weithiau fe'i rhybuddiai Blodwen i beidio â'i ladd ei hun ond fynnai Bocsar fyth wrando arni. Yn ôl pob golwg roedd ei ddau arwyddair "Mi weithia i'n g'letach" ac "Mae Napoleon bob amser yn iawn" yn ddigon o ateb i bob problem iddo. Trefnodd â'r ceiliog ei ddeffro dri chwarter awr yn gynt yn y bore yn lle hanner awr. Ac yn ei funudau hamdden, ac ychydig oedd o'r rheini'r dyddiau hyn, âi ar ei ben ei hun i'r chwarel, hel llwyth o garreg friw a'i lusgo i lawr i safle'r felin wynt heb help llaw.

Doedd hi ddim yn ddrwg ar yr anifeiliaid ar hyd yr haf hwnnw er gwaethaf eu caledwaith. Os nad oedd ganddynt fwy o fwyd nag yn nyddiau Jôs, o leiaf doedd ganddyn nhw ddim llai. Roedd cryn fudd i orfod bwydo dim ond eu hunain heb orfod cynnal pum dyn afradlon ar ben hynny, a buasai gofyn methiannau rhif y gwlith i droi'r fantol yn ei erbyn. Ac ar lawer dull a modd roedd ffordd yr anifeiliaid o wneud pethau yn fwy effeithlon ac yn arbed gwaith. Roedd modd gwneud gwaith megis chwynnu, er enghraifft, yn drylwyr fel na fedrai dyn fyth. Ac at hynny, gan nad oedd yr un anifail bellach yn dwyn, doedd dim gofyn ffensio rhwng y porfeydd a'r tir âr a hynny'n arbed llawer o lafur o ran cynnal a chadw gwrychoedd a llidiardau. Serch hynny, fel yr âi'r haf rhagddo dechreuid teimlo amryfal ddiffygion na ragwelwyd mohonynt. Roedd gofyn paraffîn, hoelion, llinyn, bisgedi i'r cŵn a haearn at garnau'r ceffylau a dim modd cynhyrchu'r un o'r rhain ar y ffarm. Yn ddiweddarach byddai gofyn hefyd hadau a gwrteithiau artiffisial heb sôn am amryfal daclau ac, yn olaf, y peiriannau i'r felin wynt. Doedd gan neb y syniad lleiaf sut y gellid cael y rhain.

Un bore Sul pan ymgynulliodd yr anifeiliaid i gael eu gorchmynion cyhoeddodd Napoleon ei fod wedi penderfynu ar bolisi newydd. O hyn ymlaen byddai Foel yr Anifeiliaid yn masnachu â'r ffermydd cyfagos; nid, wrth reswm pawb, er elw ond er mwyn cael deunyddiau roedd eu hangen yn daer. Roedd rhaid i anghenion y felin wynt fod yn bwysicach na phopeth arall, meddai. Gan hynny roedd yn trefnu gwerthu tas wair a rhan o gnwd gwenith y flwyddyn honno ac, yn ddiweddarach, petai diffyg arian, byddai gofyn gwneud yn iawn amdano drwy werthu wyau gan fod marchnad i'r rheini bob amser yn Rhostirmwyn. Dylai'r ieir, meddai Napoleon, groesawu'r aberth yma sef eu cyfraniad arbennig nhw at godi'r felin wynt.

Unwaith eto teimlai'r anifeiliaid ryw anniddigrwydd

niwlog. Byth ymwneud â dynion, byth ymwneud â masnachu, byth defnyddio arian – oni fuasai'r rhain ymhlith y penderfyniadau cyntaf y daethpwyd iddynt yn y Cyfarfod buddugoliaethus cyntaf hwnnw ar ôl hel Jôs allan? Cofiai'r anifeiliaid i gyd iddynt ddod i'r penderfyniadau hynny: neu o leiaf meddylient eu bod yn cofio. Darfu i'r pedwar porchell brotestiodd pan waharddodd Napoleon y Cyfarfodydd godi eu lleisiau'n swil, ond rhoddwyd taw arnynt yn y fan gan sgyrnygu aruthrol y cŵn. Wedyn, fel arfer, cychwynnodd y defaid ar "Da bedeirgoes, drwg ddwygoes!" a lleddfwyd yr anniddigrwydd dros dro. Yn olaf cododd Napoleon ei droed i alw am ddistawrwydd a chyhoeddi ei fod eisoes wedi gwneud y trefniadau i gyd. Fyddai dim gofyn i'r un o'r anifeiliaid fod mewn cysylltiad â dynion, peth fyddai wrth reswm yn annifyr iawn. Bwriadai ysgwyddo'r baich ei hun yn gyfan gwbl. Roedd rhyw Mistar Gerain, twrnai â'i gartref yn Rhostirmwyn, wedi cytuno i fod yn gyfryngwr rhwng Foel yr Anifeiliaid a'r byd mawr a rhoddai dro am y ffarm bob bore Llun i gael ei ordors. Daeth Napoleon i derfyn ei araith â'i gri arferol "Hir Oes i Foel yr Anifeiliaid", ac ar ôl canu *Glân Fwystfilod Cymru* anfonwyd yr anifeiliaid ymaith.

Wedyn aeth Wil y Wich ar ei hynt o gwmpas y ffarm a thawelu meddyliau'r anifeiliaid. Fe'u sicrhaodd na phenderfynwyd erioed beidio â masnachu a defnyddio arian, na hyd yn oed mo'i awgrymu. Dychymyg pur oedd hynny, yn ôl pob tebyg yn sgil celwyddau roddid ar led gan Cadwal. Roedd ambell un o'r anifeiliaid yn dal i deimlo rhyw rithyn o amheuaeth ond gofynnodd Wil y Wich iddynt yn henffel, "Ydach chi'n siŵr nad rhywbeth freuddwydioch chi ydi hyn, gymrodyr? Oes gynnoch chi gofnod o fath yn y byd o'r fath benderfyniad? Ydi o ar ddu a gwyn yn rhywle?" A chan ei bod yn wir heb os nad oedd dim byd o'r fath ar ddu a gwyn, derbyniodd yr anifeiliaid eu bod wedi camsynio.

Bob dydd Llun deuai Mistar Gerain i'r ffarm yn ôl y trefniant. Dyn bach llechwraidd yr olwg oedd o, a chanddo locsys clustiau, yn dwrnai bach iawn ei fusnes ond yn ddigon siarp i sylweddoli cyn neb arall y byddai angen brocer ar Foel yr Anifeiliaid ac y byddai'r comisiynau'n werth chweil. Gwyliai'r anifeiliaid ei fynd a dod â rhyw fath o arswyd a'i osgoi gymaint ag y gallent. Serch hynny, roedd gweld Napoleon ar ei bedwar yn rhoi gorchmynion i Gerain a safai ar ei ddwygoes yn ennyn ynddynt falchder ac yn cael ganddynt ryw led ddygymod â'r drefn newydd. Bellach doedd eu perthynas â'r hil ddynol ddim yn union 'run fath â chynt. Doedd gan y dynion ddim llai o gas at Foel yr Anifeiliaid rŵan a hithau'n ffynnu, yn wir roedd ganddynt fwy fyth o gas ati. Roedd yn erthygl ffydd gan bob dyn yr âi'r ffarm i'r wal yn hwyr neu'n hwyrach ac, yn anad dim, y byddai'r felin wynt yn fethiant. Cyfarfyddent yn y tai tafarn a phrofi i'w gilydd drwy ddiagramau fod y felin wynt yn siŵr o fynd â'i phen iddi, neu pe safai ar ei thraed na weithiai fyth. Ac eto, o'u hanfodd, roeddent wedi magu rhyw barch at effeithiolrwydd yr anifeiliaid yn rheoli eu pethau. Un arwydd o hyn oedd eu bod wedi dechrau galw'i henw iawn ar Foel yr Anifeiliaid ac wedi rhoi'r gorau i gogio mai Foel y Faenol oedd ei henw. Roeddent hefyd wedi rhoi'r gorau i bleidio Jôs, a roesai'r gorau i obeithio cael ei ffarm yn ôl a mudo i ran arall o'r sir. Heblaw drwy Gerain, hyd yn hyn doedd dim cysylltiad rhwng Foel yr Anifeiliaid a'r byd mawr, ond roedd sïon ar led byth a beunydd bod Napoleon ar fin taro bargen fusnes bendant naill ai â Mistar Lloyd-Percy Cwrt-y-Cadno neu â Mistar Wilias Cae Cribyn – ond byth, fe welid, â'r ddau ar yr un pryd.

Tua'r adeg yma y mudodd y moch i'r tŷ ffarm ac ymgartrefu yno. Unwaith eto roedd yr anifeiliaid fel petaent yn cofio penderfynu yn erbyn hyn yn y dyddiau cynnar ac unwaith eto medrodd Wil y Wich eu darbwyllo nad felly y bu. Roedd yn hanfodol, meddai, i'r moch, sef ymennydd y ffarm, gael lle tawel i weithio. At hynny roedd byw mewn tŷ yn hytrach na rhyw hen gwt yn fwy cydnaws ag urddas yr Arweinydd (roedd newydd ddechrau sôn am Napoleon dan yr enw "Arweinydd"). Serch hynny roedd rhai o'r anifeiliaid yn anniddig o glywed bod y moch nid yn unig yn bwyta yn y gegin ac yn defnyddio'r gegin fawr yn stafell hamdden, ond eu bod hefyd yn cysgu yn y gwlâu. Yn ôl ei arfer bwriodd Bocsar hyn heibio â'i "Mae Napoleon bob amser yn iawn" ond aeth Blodwen, yn meddwl yn siŵr ei bod yn cofio rhyw rheol yn erbyn defnyddio gwlâu, at dalcen y sgubor a gwneud ei gorau i ddehongli'r Saith Gorchymyn wedi'u sgrifennu yno. O'i chael ei hun yn methu darllen mwy na llythrennau ar eu pennau'u hunain, aeth i nôl Malltwen.

"Malltwen," meddai, "darllan i mi'r Pedwerydd Gorchymyn. Mae'n deud rhywbeth am beidio â chysgu mewn gwlâu, yntydi?"

Efo peth anhawster fe'i darllenodd Malltwen fesul llythyren.

"Mae'n deud, 'Ddylai'r un anifail gysgu mewn gwely *â chynfasau*,'" meddai o'r diwedd.

Yn rhyfedd iawn doedd Blodwen ddim yn cofio sôn am gynfasau yn y Pedwerydd Gorchymyn ond gan ei fod yno ar y wal, rhaid mai felly'r oedd. Ac roedd Wil y Wich yn digwydd mynd heibio ar y pryd, a dau neu dri chi i'w ganlyn, ac yn medru taro'r golau iawn ar y cwbl.

"Dach chi wedi cael ar ddeall, felly, gymrodyr," meddai, "ein bod ni foch bellach yn cysgu yng ngwlâu'r tŷ ffarm? A pham lai? Feddylioch chi erioed, does bosib, fod yna unrhyw reol yn erbyn *gwlâu*? Lle i gysgu ydi gwely. Mae sypyn o wair mewn côr yn wely, o edrych arno'n iawn. Yn erbyn *cynfasau* roedd y rheol, sef dyfais dyn. Rydan ni wedi tynnu'r cynfasau oddi ar wlâu'r tŷ ffarm ac yn cysgu rhwng blancedi. A gwlâu cyfforddus iawn ydyn nhw hefyd! Ond dim mwy cyfforddus na'r angen, yn wir i chi, gymrodyr, efo'r holl waith pen mae gofyn i ni'i wneud y dyddia yma. Dach chi ddim am nadu i ni orffwys, siawns, gymrodyr? Dach chi ddim am i ni fod wedi blino gormod i wneud ein dyletswyddau? Siawns nad oes ar 'run ohonoch chi isio gweld Jôs yn ei ôl?"

Nac oedd yn wir, meddai'r anifeiliaid ar eu pennau a soniwyd dim wedyn am y moch yn cysgu yng ngwlâu'r tŷ ffarm. A phan gyhoeddwyd rai diwrnodiau'n ddiweddarach y byddai'r moch o hyn allan yn codi awr yn hwyrach y bore na'r anifeiliaid eraill, ni fu cwyno am hynny chwaith.

Erbyn yr hydref roedd yr anifeiliaid wedi blino ond yn hapus. Buasai'n lladdfa o flwyddyn ac ar ôl gwerthu rhan o'r gwair a'r ŷd doedd dim cymaint a chymaint o fwyd wrth gefn at y gaeaf ond roedd y felin wynt yn gwneud iawn am bopeth. Roedd bellach bron ar hanner ei chodi. Ar ôl y cynhaeaf cafwyd cyfnod o dywydd clir sych a llafuriodd yr anifeiliaid yn galetach fyth gan deimlo ei bod yn werth chweil bustachu'n ôl ac ymlaen drwy'r dydd yn llusgo talpiau o garreg pe gallent godi'r waliau droedfedd eto o wneud hynny. Deuai Bocsar allan gefn nos hyd yn oed a gweithio am awr neu ddwy ar ei ben ei hun yng ngolau'r lleuad fedi. Yn eu munudau rhydd cerddai'r anifeiliaid rownd a rownd y felin ar ei hanner a rhyfeddu iddynt allu codi rhywbeth mor grand. Dim ond yr hen Eban wrthodai fynd i hwyl dros y felin wynt er na wnâi leisio barn, yn ôl ei arfer, heblaw ei sylw dirgelaidd fod mulod yn byw i fod yn hen iawn.

Daeth mis Tachwedd, a gwyntoedd brochus o'r de-orllewin i'w ganlyn. Bu'n rhaid rhoi'r gorau i adeiladu am ei bod yn rhyw wlyb i gymysgu'r sment. O'r diwedd daeth noson pan oedd yr hyrddwynt mor ffyrnig nes siglo'r beudai hyd eu sylfeini a chwythwyd sawl teilsen oddi ar do'r sgubor. Deffrodd yr ieir yn gwawchio mewn braw am iddynt i gyd freuddwydio ar yr un pryd am glywed gwn yn saethu yn y pellter. Yn y bore daeth yr anifeiliaid o'u corau i gael bod y polyn fflag wedi'i chwythu i lawr a llwyfanen ar waelod y berllan wedi'i diwreiddio fel rhuddyglen. Newydd sylwi ar hyn yr oeddent pan ddaeth cri o anobaith o wddw pob un o'r anifeiliaid. Trawsai rhywbeth ofnadwy eu golygon. Roedd y felin wynt yn garnedd.

Fel un, rhuthrasant i lawr i'r fan. Anaml yr âi Napoleon yn gyflymach na cherdded ond rhuthrodd o flaen pawb. Ie, yno y gorweddai, ffrwyth eu holl ymdrechion, wedi'i chwalu, y cerrig roeddent wedi'u torri a'u cario mor llafarus bellach ar wasgar. Yn methu siarad i ddechrau, safodd yr anifeiliaid yn syllu'n ddolefus ar y llanast o gerrig ar lawr. Camai Napoleon yn ôl ac ymlaen mewn distawrwydd gan snwffian y llawr o bryd i'w gilydd. Roedd ei gynffon yn galed a phlycai'n sydyn o'r naill ochr i'r llall, arwydd arno ei fod yn meddwl yn ddwys. Yn sydyn stopiodd yn stond fel pe wedi dod i benderfyniad.

"Gymrodyr," meddai'n dawel, "wyddoch chi pwy sy'n gyfrifol am hyn? Wyddoch chi pwy ydi'n gelyn ddaeth gefn nos a dymchwel ein melin wynt? CADWAL!" rhuodd yn sydyn a'i lais fel taran, "Cadwal wnaeth yr anfadwaith yma! O ran mileindra pur, gan feddwl rhwystro'n cynlluniau ni a dial am ei hel allan dan warth, sleifiodd y bradwr yma liw nos a dinistrio ein gwaith blwyddyn bron. Gymrodyr, yn y fan a'r lle dwi'n cyhoeddi dedfryd marwolaeth ar Cadwal. 'Arwr o Anifail, Ail Ddosbarth' a chibynnaid o 'fala i unrhyw anifail ddaw ag ef o flaen ei well. Dau gibynnaid i rywun a'i dalia'n fyw!"

Roedd yn ysgytwad dirfawr i'r anifeiliaid feddwl y gallai hyd yn oed Cadwal fod yn euog o'r fath beth. Cododd cri o ddigofaint a dechreuodd pawb feddwl am ffyrdd o ddal Cadwal pe deuai fyth yn ei ôl. Bron ar y gair cafwyd olion traed mochyn yn y gwellt heb fod ymhell o'r bryncyn. Dim ond am lathen neu ddwy roedd modd eu dilyn, ond roeddent fel petaent yn arwain i dwll yn y gwrych. Fe'u synhwyrodd Napoleon yn ddwfn a chyhoeddi mai olion traed Cadwal oeddent. Yn ei dyb o, fwy na thebyg o gyfeiriad Cwrt-y-Cadno y daethai Cadwal.

"Traed dani, Gymrodyr!" gwaeddodd Napoleon ar ôl archwilio'r olion traed. "Mae gwaith i'w wneud. Heddiw'r bore dechreuwn ailgodi'r felin wynt, ac mi adeiladwn ni drwy'r gaea, boed hindda neu ddrycin. Mi ddysgwn ni i'r brych o fradwr nad ar chwara bach mae dadwneud ein llafur. Cofiwch, gymrodyr, rhaid i'n cynlluniau ni beidio ag altro fymryn: wnawn ni ddwyn y maen i'r wal i'r diwrnod. I'r gad, gymrodyr! Hir oes i Foel yr Anifeiliaid!"

Y Seithfed Bennod

Gwnaeth aeaf milain o oer. Ar ôl y tywydd tymhestlog daeth eirlaw ac eira, ac wedyn barrug caled na thorrodd tan ymhell i fis Chwefror. Gwnaeth yr anifeiliaid eu gorau glas i fwrw iddi i ailgodi'r felin wynt, o wybod yn iawn bod y byd mawr yn eu llygadu ac y byddai'n fêl ar fysedd y dynion gwenwynllyd ac y byddent yn gorfoleddu pe na gorffennid y felin wynt mewn pryd.

O ran malais cogiodd y dynion beidio â choelio mai Cadwal ddistrywiodd y felin wynt: aethai â'i phen iddi, meddent, am fod y waliau'n rhy denau. Gwyddai'r anifeiliaid o'r gorau nad hyn mo'r ffaith amdani. Serch hynny, penderfynwyd codi'r waliau'n drwch llathen y tro yma yn lle deunaw modfedd 'run fath â'r tro o'r blaen a chan hynny roedd gofyn hel llawer mwy o gerrig. Am beth amser roedd y chwarel yn llawn eira a doedd dim modd gwneud dim. Bu peth cynnydd yn y tywydd sych barugog ddaeth wedyn ond roedd yn waith creulon a fedrai'r anifeiliaid ddim teimlo mor hyderus ag y buont cynt. Roeddent yn oer byth dragywydd ac fel arfer yn llwglyd at hynny. Bocsar a Blodwen oedd yr unig rai na ddigalonnai. Traddodai Wil y Wich areithiau rhagorol ar lawenydd gwasanaethu ac urddas llafur ond câi'r anifeiliaid fwy o ysbrydoliaeth o nerth Bocsar a'i gri tragwyddol "Mi weithia i'n g'letach!"

Ym mis Ionawr aeth bwyd yn brin. Cwtogwyd y ddogn ŷd i'r bôn a chyhoeddwyd y rhannid dogn dros ben o datws i wneud yn iawn amdano. Wedyn cafwyd bod y rhan fwyaf o'r cnwd o datws wedi'i deifio yn y claddau oedd heb eu gorchuddio'n ddigon trwchus. Roedd y tatws yn feddal ac wedi troi'u lliw a dim ond ychydig oedd yn fwytadwy. Am ddyddiau bwy'i gilydd doedd gan yr anifeiliaid ddim i'w fwyta ond us a mangls. Roedd fel petai newyn yn rhythu arnynt.

Roedd hi'n hollbwysig cuddio hyn o'r byd mawr. Wedi'u calonogi o weld dymchwel y felin wynt, roedd y dynion yn dyfeisio celwydd newydd am Foel yr Anifeiliaid. Unwaith eto rhoddent si ar led bod yr anifeiliaid i gyd yn marw o newyn a haint a'u bod yn ymladd ymhlith ei gilydd byth a hefyd ac wedi troi at ganibaliaeth a babanladdiad. Gwyddai Napoleon o'r gorau pa ganlyniadau drwg allai ddeillio o wybod ffeithiau gwirioneddol y sefyllfa o ran bwyd a phenderfynodd ddefnyddio Mistar Gerain i roi argraff groes ar led. Hyd hynny fuasai ychydig neu ddim cysylltiad rhwng yr anifeiliaid a Gerain ar ei ymweliadau wythnosol: bellach, fodd bynnag, siarsiwyd ambell i anifail dethol, defaid gan mwyaf, i ddigwydd sôn o fewn ei glyw fod y dognau wedi'u chwyddo. At hynny, gorchmynodd Napoleon i'r biniau yn y stordy oedd bron yn wag gael eu llenwi bron hyd at yr ymyl â thywod ac wedyn eu gorchuddio â'r grawn a'r blawd oedd yn weddill. Dan ryw esgus addas arweiniwyd Gerain drwy'r stordy a rhoi cyfle iddo gael cip ar y biniau. Fe'i twyllwyd a daliai i roi ar led i'r byd mawr nad oedd dim prinder bwyd yn Foel yr Anifeiliaid.

Serch hynny, tua diwedd Chwefror daeth yn amlwg y byddai gofyn cael rhagor o rawn o rywle. Y dyddiau hyn anaml yr ymddangosai Napoleon yn gyhoeddus ond treuliai ei holl amser yn y tŷ ffarm a chŵn ffyrnig yr olwg yn gwarchod pob drws iddo. Pan ddeuai i'r fei, mewn dull defodol roedd hynny a gosgordd o chwe chi yn glòs o'i gwmpas a sgyrnygai pe deuai neb yn rhy agos. Yn aml ni ddeuai i'r fei hyd yn oed ar fore Sul ond rhannai ei orchmynion drwy un o'r moch arall, Wil y Wich fel arfer.

Un bore Sul cyhoeddodd Wil y Wich fod gofyn i'r ieir, oedd newydd ddod i ddodwy eto, ildio'u hwyau. Roedd Napoleon wedi derbyn, drwy Gerain, gytundeb am bedwar cant o wyau'r wythnos. Byddai pris y rhain yn talu am ddigon o rawn a blawd i gadw'r ffarm ar fynd nes deuai'r haf a phethau'n haws arnynt.

O glywed hyn roedd yr ieir yn uchel eu clochdar. Cawsant eu rhybuddio ynghynt hwyrach y byddai gofyn yr aberth yma ond ni choelient fawr y digwyddai go iawn. Roeddent wrthi'n hwylio eu nytheidiau at eisteddiad y gwanwyn a dyma brotestio mai llofruddiaeth oedd dwyn ymaith yr wyau yn y fan hon. Am y tro cyntaf ers hel Jôs allan cafwyd rhywbeth tebyg i wrthryfel. Dan arweiniad tair cywen Minorca Du ifanc, gwnaeth yr ieir ymdrech lew i fynd yn groes i ewyllys Napoleon. Eu dull oedd hedfan i'r trawstiau ac yno dodwy eu hwyau a falai'n dipiau ar lawr. Gweithredodd Napoleon yn ddi-oed ac yn ddiarbed. Gorchmynodd atal dogn yr ieir a gorchymyn cosbi â marwolaeth unrhyw anifail roddai'n gymaint â gronyn o ŷd i iâr. Ymorolodd y cŵn am roi ar waith y gorchmynion hyn. Am bum niwrnod gwrthsafodd yr ieir, wedyn gildio a mynd yn eu holau i'w blychau nythu. Buasai farw naw iâr yn y cyfamser. Claddwyd eu cyrff yn y berllan a rhoddwyd ar ddeall mai cocsidiosis a'u lladdodd. Chlywodd Gerain 'run gair am hyn a danfonwyd yr wyau yn eu pryd, a fan grosar yn dod i'r ffarm unwaith yr wythnos i'w nôl.

Ar hyd yr adeg yma ni welsid na lliw na llun o Cadwal. Roedd si ar led ei fod yn llechu ar un o'r ffermydd cyfagos, naill ai Cwrt-y-Cadno neu Gae Cribyn. Roedd Napoleon bellach yn cyd-dynnu ychydig yn well na chynt â'r ffermwyr eraill. Fel y digwyddodd hi roedd pentwr o goed yn y buarth, wedi'i dasu yno ddeng mlynedd ynghynt pan gliriwyd celli ffawydd. Roedd wedi hen sychu a Gerain wedi cynghori Napoleon i'w werthu; roedd Mistar Lloyd-Percy a Mistar Wilias ill dau'n awyddus i'w brynu. Simsanai Napoleon rhwng y ddau, yn methu penderfynu. Sylwyd, bob tro roedd i'w weld ar fin taro bargen â Wilias, yr honnid bod Cadwal yn cuddio yng Nghwrt-y-Cadno, a phan dueddai tuag at Lloyd-Percy, dywedid bod Cadwal yng Nghae Cribyn.

Yn sydyn, tua dechrau'r gwanwyn, canfuwyd rhywbeth brawychus. Roedd Cadwal yn rhoi tro am y ffarm yn ddistaw bach gefn nos! Roedd yr anifeiliaid wedi cynhyrfu gymaint, prin y medrent gysgu yn eu corau. Bob nos, yn ôl y sôn, sleifiai i mewn liw nos a gwneud pob mathau o ddrygau: dwyn yr ŷd, troi'r piseri llaeth, torri'r wyau, sathru'r gwlâu hadau, cnoi'r rhisgl oddi ar y coed ffrwythau. Pa bryd bynnag yr âi rhywbeth o'i le, beio Cadwal oedd piau hi bob gafael. Pe ceid ffenest wedi'i thorri neu ddraen wedi tagu, doedd dim dwywaith na ddywedai rhywun fod Cadwal wedi dod heibio gefn nos a'i wneud, a phan aeth goriad y stordy ar goll roedd y ffarm drwyddi draw yn argyhoeddedig bod Cadwal wedi ei daflu i'r ffynnon. Yn rhyfedd iawn dalient i goelio hyn hyd yn oed ar ôl i'r goriad coll ddod i'r fei dan sachaid o flawd. Haerodd y gwartheg yn unfryd fod Cadwal yn sleifio i'w corau i'w godro yn eu cwsg. Buasai'r llygod mawr yn drafferthus y gaeaf hwnnw a thaerid eu bod hwythau'n llawiach â Cadwal.

Gorchmynodd Napoleon y byddai ymchwiliad trylwyr i weithgareddau Cadwal. A'i gŵn i'w ganlyn aeth ati i arolygu'r beudai'n fanwl, a gweddill yr anifeiliaid yn dilyn o bellter parchus. Bob cam neu ddau arhosai Napoleon a snwffian y ddaear ar drywydd olion traed Cadwal, a adnabyddai, meddai, ar eu hoglau. Snwffiodd ym mhob twll a chornel, yn y sgubor, yn y beudy, yn y cytiau ieir, yn yr ardd lysiau, a chael olion Cadwal bron ym mhobman. Rhoddai ei drwyn ar y ddaear, snwffian yn ddwfn sawl gwaith a bloeddio â llais dychrynllyd, "Cadwal! Mi fu yma! Dwi'n clywed ei ogla'n bendifaddau!" ac ar y gair "Cadwal" sgrnygai'r cŵn i gyd yn ddigon i fferru'r gwaed, a dangos eu cilddannedd.

Roedd yr anifeiliaid wedi dychryn ar eu hyd. Roedd hi fel petai Cadwal yn rhyw fath o ddylanwad anweledig, yn trwytho'r awyr o'u cwmpas ac yn eu bygwth â pheryglon o bob lliw a llun. Gyda'r nos fe'u galwodd Wil y Wich ynghyd, ac a golwg ar ei wyneb ei fod wedi dychryn, dweud wrthynt fod ganddo newydd difrifol i'w adrodd.

"Gymrodyr!" meddai Wil y Wich yn gynhyrfus, yn sboncio ar bigau'r drain, "rydym wedi dod i wybod rhywbeth ofnadwy. Mae Cadwal wedi ei werthu ei hun i Wilias o Ffarm Cae Cribyn, a hwnnw'r funud hon yn cynllwynio i ymosod arnon ni a mynd â'n ffarm oddi arnom! Cadwal fydd ei dywyswr pan ddechreua'r ymosodiad. Ond mae gwaeth fyth. Roeddem yn tybio mai oherwydd ei oferedd a'i uchelgais y gwrthryfelodd Cadwal. Ond roeddem yn methu, gymrodyr. Wyddoch chi be oedd y rheswm go iawn? Roedd Cadwal yn llawiach â Jôs o'r cychwyn cynta! Ysbïwr Jôs oedd o ar hyd yr adeg. Mae'r cwbwl wedi'i brofi gan ddogfenna adawodd ar ei ôl rydan ni newydd ddod ar eu traws. I'm tyb i mae hyn yn egluro llond gwlad o betha, gymrodyr. Ddaru ni ddim gweld drosom ein hunain sut roddodd o gynnig – a methu drwy drugaredd – ar beri ein trechu a'n dinistrio ym Mrwydr y Beudy?"

Roedd yr anifeiliaid yn syfrdan syn. Dyma anfadwaith gwaeth o beth wmbredd na Cadwal yn difa'r felin wynt. Ond roedd hi'n waith rhai munudau iddynt fedru dirnad y peth yn iawn. Cofiai pob un ohonynt, neu dybio'i fod yn cofio, gweld Cadwal yn rhuthro o'u blaenau ym Mrwydr y Beudy, fel y bu iddo eu hybu a'u calonogi bob gafael, ac fel nad oedodd am eiliad hyd yn oed ar ôl i'r haels o wn Jôs glwyfo ei gefn. I ddechrau roedd yn anodd braidd gweld sut roedd hyn yn cyd-fynd â'r haeriad ei fod ar ochr Jôs. Roedd hyd yn oed Bocsar, na fyddai byth bron yn amau dim, mewn penbleth. Gorweddodd ar lawr, plygu ei garnau blaen o dano, cau ei lygaid a medru rhoi trefn ar ei feddyliau o fawr fustachu.

"Choelia i fawr," meddai. "Mi ymladdodd Cadwal yn ddewr ym Mrwydr y Beudy. Mi'i gwelais i o â'm llygaid fy hun. Roeson ni 'Arwr o Anifail, Dosbarth Cyntaf' iddo'n syth wedyn, decini?"

"Dyna lle ddaru ni'i methu hi, gymrawd. Bellach mi wyddon ni – mae o i gyd ar ddu a gwyn yn y dogfenna dan ni wedi cael hyd iddyn nhw – mai trio'n denu ni at ein tranc oedd o go iawn."

"Ond mi gafodd ei glwyfo," meddai Bocsar. "Ddaru ni i gyd ei weld o'n waed diferol."

"Roedd hynny'n rhan o'r trefniant!" gwaeddodd Wil y Wich. "Dim ond ei sgriffio ddaru haels Jôs. Fedrwn i ddangos hyn i ti yn ei law ei hun, tasat ti'n medru'i ddarllan o. Y cynllwyn oedd i Cadwal, ar y funud dyngedfennol, roi'r arwydd i ffoi a gadael y maes i'r gelyn. A bu ond y dim iddo fo lwyddo – wna i hyd yn oed deud, gymrodyr, y basa *wedi* llwyddo oni bai am ein Harweinydd arwrol, y Cymrawd Napoleon. Siawns nad ydach chi'n cofio, ar yr union ennyd pan oedd Jôs a'i weision yn y buarth, Cadwal yn sydyn yn troi ac yn ffoi a thipyn go lew o'r anifeiliaid ar ei ôl? A dach chi ddim yn cofio hefyd, mai'r union ennyd hwnnw, a pawb yn dechra rhusio a hithau wedi canu arnon ni yn ôl pob golwg, y llamodd Cymrawd Napoleon i'r adwy gan weiddi "Tranc i Deulu Dyn!" a chladdu'i ddannedd yng nghoes Jôs? Siawns nad ydach chi'n cofio, *hynny*, gymrodyr?" gwaeddodd Wil y Wich, dan brancio o'r naill ochr i'r llall.

Bellach, a Wil y Wich yn disgrifio'r olygfa mor fyw, roedd yr anifeiliaid fel petaent yn ei chofio. Pa un bynnag, cofient i Cadwal droi ar ffo ar funud dyngedfennol y frwydr. Ond roedd Bocsar yn dal i fod braidd yn anniddig.

"Dwi ddim yn coelio bod Cadwal yn fradwr ar y dechra," meddai o'r diwedd. "Peth arall ydi be mae wedi'i neud wedyn. Ond i'm tyb i ym Mrwydr y Beudy roedd yn gymrawd gwerth chweil."

"Mae ein Harweinydd, Cymrawd Napoleon," cyhoeddodd Wil y Wich, gan siarad yn ara deg bach ac yn bendant, "wedi datgan yn bendifaddau – yn bendifaddau, gymrawd – mai ysbïwr Jôs oedd Cadwal o'r cychwyn cyntaf – ia, ac ymhell cyn i'r Gwrthryfel hyd yn oed daro'n penna ni."

"A, peth arall ydi hynny," meddai Bocsar, "os mai felly mae Napoleon yn deud, rhaid ei fod yn iawn."

"Dyna sut mae'i gweld hi, gymrawd!" gwaeddodd Wil y Wich ond gwelwyd ei fod yn bwrw golwg bur hyll ar Bocsar â'i lygaid bach pefriog. Trodd i fynd, wedyn aros a dweud yn wefreiddiol, "Dwi'n rhybuddio pob anifail ar y ffarm i gadw'i lygad ar ei ysgwydd. Mae gynnon ni le i gredu bod rhai o ysbïwyr Cadwal yn llechu yn ein plith ni'r funud hon!"

Bedwar diwrnod yn ddiweddarach gorchmynodd Napoleon i'r holl anifeiliaid ymgynnull yn y buarth. Pan oeddent i gyd wedi hel at ei gilydd daeth Napoleon i'r fei o'r tŷ ffarm yn gwisgo'i ddwy fedal (roedd newydd ddyfarnu iddo'i hun "Arwr o Anifail, Dosbarth Cyntaf" ac "Arwr o Anifal, Ail Ddosbarth"), a'i naw ci anferth yn prancio o'i gwmpas ac yn sgyrnygu ddigon i godi croen gŵydd ar yr anifeiliaid i gyd. Fe swation i gyd yn eu llefydd yn ddistaw fel pe gwyddent ymlaen llaw fod rhywbeth ofnadwy ar fin digwydd.

Safodd Napoleon yn llygadu ei gynulleidfa'n llym

wedyn yngan nâd fain. Ar y gair llamodd y cŵn yn eu blaenau, cydio ym mhedwar o'r moch gerfydd eu clustiau a'u llusgo, yn gwichian gan boen a braw, at draed Napoleon. Roedd clustiau'r moch yn gwaedu a'r cŵn wedi blasu gwaed ac am funud neu ddau roeddent fel petaent wedi gwallgofi. Er mawr syndod i bawb yno lluchiodd tri ohonynt eu hunain ar Bocsar. Fe'u gwelodd Bocsar nhw'n dod ac estyn ei garn enfawr, dal un ohonynt yn yr awyr a'i hoelio i'r llawr. Sgrechiodd y ci am drugaredd a miglodd y ddau arall â'u cynffonau yn eu gaflau. Edrychodd Bocsar ar Napoleon i weld a ddylai wasgu'r ci i farwolaeth ynteu ei ollwng. Roedd Napoleon fel pe'n newid ei bryd a gwedd a gorchmynodd Bocsar yn llym i ollwng y ci ac ar hynny cododd Bocsar ei garn a sleifiodd y ci i ffwrdd, wedi'i gleisio ac yn udo.

Ymhen yr hir a'r hwyr tawelodd y cythrwfl. Arhosodd y pedwar mochyn, dan grynu, euogrwydd i'w ddarllen ar bob llinell o'u gwedd. Bellach galwodd Napoleon arnynt i gyffesu eu troseddau. Y rhain oedd yr un pedwar mochyn brotestiodd pan gafodd Napoleon wared â Chyfarfodydd y Sul. Heb brocio pellach cyffesodd y pedwar iddynt fod mewn cysylltiad â Cadwal yn ddistaw bach byth ers ei hel allan, a'u bod wedi cydweithredu ag o i ddinistrio'r felin wynt, a'u bod wedi cytuno ag o i drosglwyddo'r ffarm i Mistar Wilias. Dywedsant wedyn fod Cadwal wedi cyfaddef iddynt yn ddistaw bach ei fod yn ysbïwr Jôs ers blynyddoedd. Ar ôl iddynt orffen eu cyffes rhwygodd y cŵn eu gyddfau'n ddiymdroi a mewn llais ofnadwy gofynnodd Napoleon a oedd gan unrhyw anifail arall rywbeth i'w gyffesu.

Bellach dyma'r tair iâr fuasai'r prif derfysgwyr yn y gwrthryfel dros yr wyau yn ymgynnig ac yn datgan i Cadwal ymddangos iddynt mewn breuddwyd a'u hannog i beidio ag ufuddhau i orchmynion Napoleon.

Lladdwyd hwythau. Wedyn ymgynigiodd un o'r gwyddau a chyffesu iddi gelcio chwe thywysen ŷd yn ystod cynhaeaf y llynedd a'u bwyta gefn nos. Wedyn cyffesodd un o'r defaid iddi wneud dŵr yn y pwll yfed – a Cadwal, chwedl hithau, wedi'i symbylu i wneud hyn – a chyffesodd dwy ddafad arall iddynt lofruddio hen faharen, un o ddilynwyr arbennig o selog Napoleon, drwy redeg ar ei ôl rownd a rownd coelcerth pan oedd arno beswch. Fe'u lladdwyd pob un yn y fan a'r lle. Ac ymlaen â'r hanes cyffesu a dienyddio, nes oedd yna bentwr o gyrff yn gorwedd wrth draed Napoleon a'r awyr yn drwm gan oglau gwaed, rhywbeth anhysbys yno ers dyddiau Jôs.

Pan oedd y cwbl ar ben, ar wahân i'r moch a'r cŵn, sleifiodd yr anifeiliaid oedd weddill oddi yno'n dorf. Cawsent ysgytwad ac roeddent yn ddigalon. Wydden nhw ddim pa un oedd yr ysgytwad mwyaf – brad yr anifeiliaid gynghreiriodd â Cadwal, ynteu'r gosb greulon roeddent newydd ei gweld. Yn yr hen ddyddiau buasai tywallt gwaed yn aml ac yn olygfeydd yr un mor erchyll, ond roedd i'w weld iddynt i gyd yn waeth o lawer rŵan ei fod yn digwydd yn eu plith eu hunain. Ers i Jôs adael y ffarm hyd heddiw nid oedd yr un anifail wedi lladd anifail arall. Ni laddwyd hyd yn oed llygoden fawr. Roeddent wedi ymlwybro i'r bryncyn bach lle safai'r felin wynt ar ei hanner ac fel un dyma orwedd ar lawr fel pe i swatio er cynhesrwydd – Blodwen, Malltwen, Eban, y gwartheg, y defaid a haid o wyddau ac ieir – pawb, yn wir, ond y gath oedd wedi diflannu'n sydyn yn union cyn i Napoleon orchymyn yr anifeiliaid i ymgynnull. Am beth amser ddywedodd neb air o'i ben. Dim ond Bocsar oedd yn dal ar ei draed. Ymrengiai yn ôl ac ymlaen gan chwipio'i gynffon hir du yn erbyn ei ochrau ac o bryd i'w gilydd rhoi gweryriad bach o syndod. O'r diwedd meddai:

"Dwi'n dallt dim. Faswn i byth wedi coelio y medrai rotsiwn betha ddigwydd ar ein ffarm ni. Rhaid ei fod oherwydd rhyw fai ynon ni. Hyd y gwela i yr ateb ydi gweithio'n g'letach. O hyn allan mi goda i awr gron yn gynt yn y bora."

I ffwrdd ag o ar ei duth troetrwm a'i gwneud hi am y chwarel. Pan gyrhaeddodd casglodd ddau lwyth o gerrig ar ôl ei gilydd a'u llusgo i lawr i'r felin wynt cyn mynd i noswylio.

Swatiodd yr anifeiliaid o gwmpas Blodwen, heb yngan gair. O'r bryncyn lle gorweddent gwelent hyd a lled y wlad. Roedd y rhan fwyaf o Foel yr Anifeiliaid yn y golwg – y borfa hir yn ymestyn i'r lôn bost, y cae gwair, y gelli, y pwll yfed, y tir âr a'i wenith trwchus glas a thoeau coch adeiladau'r ffarm a'r mwg yn modrwyo o'r simneiau. Noson braf o wanwyn oedd hi. Roedd y glaswellt a'r gwrychoedd yn eu blagur yn eurog gan belydrau'r haul ar y gorwel. Ni fuasai'r ffarm – ac â rhyw fath o syndod cofiodd yr anifeiliaid mai eu ffarm nhw'u hunain oedd hi, bob modfedd ohoni'n eiddo iddyn nhw – erioed i'w gweld yn lle mor ddymunol. Wrth i Blodwen edrych i lawr ochr y bryn llenwodd ei llygaid â dagrau. Pe gallasai roi llafar i'w meddyliau, buasai hynny i ddweud nad hyn oedd ganddynt mewn golwg pan aethant ati flynyddoedd yn ôl i weithio tuag at ddisodli'r hil ddynol. Nid at y golygfeydd hyn o fraw a chigyddio roeddent yn edrych ymlaen ar y noson honno pan fu i 'rhen Gapten eu hennyn gyntaf i wrthryfela. Petasai ganddi hithau lun o'r dyfodol, cymdeithas o anifeiliaid oedd hwnnw, wedi'u rhyddhau o newyn a'r chwip, i gyd yn gydradd, pob un yn gweithio yn ôl ei allu, y cedyrn yn amddiffyn y gwan, fel yr amddiffynnodd â'i choes blaen y nythaid o gywion hwyaid oedd ar goll ar noson araith Capten. Yn lle hynny – wyddai hi ddim pam – daethant at oes pan na feiddiai neb siarad heb flewyn ar dafod, pan grwydrai cŵn ffyrnig ar hyd y lle dan chwyrnu a phan oedd gofyn gwylio eich ffrindiau'n cael eu tynnu'n gareiau ar ôl cyffesu troseddau ysgytwol. Doedd gwrthryfela neu anufuddhau ddim yn ei meddwl. Gwyddai, hyd yn oed a phethau fel yr oeddent, eu bod yn well o lawer eu lle nag yn nyddiau Jôs, a bod gofyn yn anad dim nadu i'r dynion ddod yn eu holau. Beth bynnag ddigwyddai, daliai i fod yn ffyddlon, i weithio'n galed, i ufuddhau i'r gorchmynion a gâi, ac i dderbyn arweinyddiaeth Napoleon. Eto fyth, nid am hyn y gobeithiodd hi a'r holl anifeiliaid eraill a llafurio er ei fwyn. Nid i hyn y codasant y felin wynt ac wynebu haels gwn Jôs. Dyna ei meddyliau, er ei bod heb y geiriau i'w mynegi.

O'r diwedd, gan deimlo y byddai hyn rywsut yn ateb y diben yn lle'r geiriau roedd yn methu cael hyd iddynt, dechreuodd ganu *Glân Fwystfilod Cymru*. Ymunodd yr anifeiliaid eraill yn eistedd o'i chwmpas a dyma'i chanu deirgwaith drosodd – yn bersain iawn, ond yn araf ac yn brudd, mewn ffordd nad oeddent wedi'i chanu erioed o'r blaen.

Newydd orffen ei chanu am y drydedd waith roeddent pan ddaeth Wil y Wich, a thri chi i'w ganlyn, tuag atynt ac arno olwg bod ganddo rywbeth pwysig i'w ddweud. Cyhoeddodd, dan arch arbennig gan y Cymrawd Napoleon, fod *Glân Fwystfilod Cymru* wedi'i diddymu. O hyn allan roedd ei chanu'n waharddedig.

Roedd yr anifeiliaid yn syfrdan syn.

"Pam?" gofynnodd Malltwen yn wyllt.

"Does mo'i hangen bellach, gymrawd," meddai Wil y Wich yn sychlyd. "Cân y Gwrthryfel oedd *Glân Fwystfilod Cymru*. Ond mae'r Gwrthryfel bellach wedi'i gwblhau. Dienyddio'r bradwyr y pnawn 'ma oedd y weithred derfynol. Mae'r gelyn, allanol a mewnol ill dau, wedi'i drechu. Yn *Glân Fwystfilod Cymru* mynegi roeddem ein dyhead am gymdeithas well ddydd a ddaw. Ond mae'r gymdeithas honno bellach wedi'i sefydlu. Mae'n amlwg bod y gân yma bellach yn ddi-fudd."

Er eu bod wedi dychryn, hwyrach y byddai rhai o'r anifeiliaid wedi protestio ond yn y fan dechreuodd y defaid frefu "Da bedeirgoes, drwg ddwygoes" yn ôl eu harfer a dal i fynd am rai munudau gyda rhoi pen ar y drafodaeth.

Felly ni chlywyd *Glân Fwystfilod Cymru* fyth wedyn. Yn ei lle cyfansoddodd Cynddelw Brydydd Fychan, y bardd, gân arall a gychwynnai â:

Foel yr Anifeiliaid, Foel yr Anifeiliaid,
I ti byddaf fyth yn gefn ac yn gaffaeliad!

a chenid hon bob bore Sul ar ôl codi'r fflag. Ond rywsut neu'i gilydd doedd na'r geiriau na'r alaw fyth yn tycio gan yr anifeiliaid fel *Glân Fwystfilod Cymru*.

Yr Wythfed Bennod

Rai dyddiau'n ddiweddarach, a'r braw yn sgil y dienyddio wedi tawelu, cofiodd rhai o'r anifeiliaid – neu meddylient eu bod yn cofio – fod y Chweched Gorchymyn yn deddfu: "Rhaid i'r un anifail beidio â lladd anifail arall". Ac er na fynnai neb sôn amdano o fewn clyw na'r moch na'r cŵn, teimlid nad oedd y lladdedigaethau a fu yn gyson â hyn. Gofynnodd Blodwen i Eban ddarllen y Chweched Gorchymyn iddi a phan ddywedodd Eban, yn ôl ei arfer, ei fod yn gwrthod ymyrraeth â'r fath bethau, aeth i nôl Malltwen. Darllenodd Malltwen y Gorchymyn iddi. Ei eiriad oedd: "Rhaid i'r un anifail beidio â lladd anifail arall *heb achos*". Rywsut neu'i gilydd aethai'r ddau air olaf dros gof yr anifeiliaid. Ond bellach gwelent nad oedd y Gorchymyn wedi'i dorri, gan ei bod yn amlwg bod rheswm da dros ladd y bradwyr a ymgynghreiriodd â Cadwal.

Drwy'r flwyddyn gron gweithiodd yr anifeiliaid yn galetach hyd yn oed na'r flwyddyn cynt. Llafur aruthrol oedd ailgodi'r felin wynt, ac iddi waliau ddwywaith eu trwch cynt, a'i gorffen erbyn y dyddiad penodedig, ar ben gwaith rheolaidd y ffarm. O bryd i'w gilydd teimlai'r anifeiliaid eu bod yn gweithio oriau hwy ac yn cael dim gwell bwyd nac yn nyddiau Jôs. Ar foreau Sul, byddai Wil y Wich, yn dal stribed hir o bapur i lawr â'i droed, yn darllen iddynt restrau o ffigyrau'n profi bod cynhyrchu bwyd o bob math wedi chwyddo o ddau gant y cant, tri chant y cant, neu bum cant y cant, yn ôl y digwydd. Welai'r anifeiliaid ddim rheswm dros beidio â'i goelio, yn enwedig gan eu bod bellach yn methu cofio'n iawn sut roedd hi arnyn nhw cyn y Gwrthryfel. Serch hynny, roedd yna ddiwrnodiau pan deimlent y byddai'n well ganddynt gael llai o ffigyrau a mwy o fwyd.

Bellach drwy Wil y Wich neu un arall o'r moch y rhoddid y gorchmynion i gyd. Ni welid Napoleon ei hun yn gyhoeddus gymaint ag unwaith y pythefnos. Pan ddeuai i'r fei nid yn unig roedd ei osgordd o gŵn i'w ganlyn ond hefyd ceiliog du a frasgamai o'i flaen fel rhyw fath o utganwr, yn rhoi go-go-go nerth ei big cyn i Napoleon siarad. Hyd yn oed yn y tŷ ffarm, medden nhw, roedd Napoleon yn byw mewn stafelloedd ar wahân i'r lleill. Bwytâi ar ei ben ei hun a dau gi i weini arno a bwyta bob gafael oddi ar y llestri cinio Crown Derby fuasai yn y cwpwrdd gwydr yn y parlwr. Cyhoeddwyd hefyd y câi'r gwn ei danio bob blwyddyn ar ben-blwydd Napoleon yn ogystal â'r ddau ben-blwydd arall.

Bellach ni elwid Napoleon fyth yn ddim ond "Napoleon". Cyfeirid ato bob gafael yn y dull ffurfiol fel "ein Harweinydd, y Cymrawd Napoleon" ac roedd y moch wrth eu boddau'n dyfeisio teitlau iddo megis Tad Pob Anifail, Dychryn y Ddynoliaeth, Amddiffynnwr y Gorlan, Cyfaill Cywion Gwyddau, a'u tebyg. Yn ei areithiau soniai Wil y Wich, y dagrau'n llifo i lawr ei fochau, am ddoethineb Napoleon, rhadlondeb ei galon a'r cariad o bwll y galon roedd ganddo at bob anifail ym mhob man, hyd yn oed ac yn arbennig yr anifeiliaid druan oedd yn dal i fyw mewn anwybodaeth a chaethiwed ar ffermydd eraill. Daethai'n arferiad rhoi'r clod i Napoleon am bob camp llwyddiannus a phob strôc o lwc. Yn aml clywid un iâr yn dweud wrth un arall, "Dan arweiniad ein Harweinydd, y Cymrawd Napoleon, dwi wedi dodwy pum ŵy mewn chwe diwrnod"; neu byddai dwy fuwch yn yfed wrth y pwll yn dweud yn frwd, "Dew, diolch i arweiniad Cymrawd Napoleon, mae blas da ar y dŵr 'ma!" Mynegwyd y teimlad cyffredinol ar y ffarm mewn cerdd o'r enw "Cymrawd

Napoleon", a gyfansoddwyd gan Cynddelw Brydydd
Fychan a'r geiriau fel a ganlyn:

> Gyfaill y diymgeledd!
> Ein lloches yn ein llesgedd!
> Arglwydd y bwced olchion! Ffynhonnell glân
>   ddanteithion!
> Llonni wna f'enaid ffyddlon
> O weld dy lygaid graslon,
> Yn ymlid gwael helbulon,
> Gymrawd Napoleon!
>
> Lleufer ein buchedd beunydd
> Ar fryn a rhos a gweunydd,
> Bwyd maethlon llond ein boliau, glân wellt pêr
>   yn ein corau;
> Pob cr'adur yn fawr neu fach
> Gwsg mewn hedd yn ei gilfach,
> Ti'n cedwi oll yn holliach,
> Gymrawd Napoleon!
>
> 'Tae gennyf bwt o borchell,
> Diniwed, bach, diddichell
> Cyn bod gyfuwch â'r meillion, cyn bod gyhyd â
>   rholbren,
> Cyn A, B C, Un Dau Tri
> Fe'i dysgwn deyrngarwch i ti,
> A hwn fyddai'i gyntaf gri:
> 'Gymrawd Napoleon!'

Roedd y gerdd hon wrth fodd Napoleon a pharodd
ei harysgrifennu ar wal y sgubor fawr yn y pen gyferbyn
â'r Chwe Gorchymyn. Uwch ei phen roedd portread
Napoleon, ar wedd ystlyslun, a dynnwyd gan Wil y Wich
mewn paent gwyn.

Yn y cyfamser, drwy gyfrwng Gerain, roedd gan Napoleon drafodaethau cymhleth ar y gweill â Wilias a Lloyd-Percy. Heb ei werthu byth roedd y pentwr o goed. O blith y ddau, Wilias oedd y mwyaf awyddus i'w gael, ond roedd yn cau cynnig pris rhesymol. Ar yr un pryd roedd yna sïon ar led o'r newydd fod Wilias a'i weision yn cynllunio i ymosod ar Foel yr Anifeiliaid a chwalu'r felin wynt, y buasai ei chodi yn achos gwenwyn candryll iddo. Gwypid bod Cadwal yn dal i stelcian ar ffarm Cae Cribyn. Ganol yr haf dychrynodd yr anifeiliaid o glywed i dair iâr ymgynnig a chyffesu eu bod, dan anogaeth Cadwal, yn rhan o gynllwyn i lofruddio Napoleon. Fe'u dienyddiwyd yn y fan ac ymorolwyd am ragofalon eto i ddiogelu Napoleon. Gwarchodai pedwar ci ei wely gefn nos, un ym mhob cornel, a rhoddwyd i borchell o'r enw Pipi-down y dasg o flasu ei fwyd i gyd cyn iddo'i fwyta, rhag ofn ei fod wedi'i wenwyno.

Tua'r adeg honno rhoddwyd ar led fod Napoleon wedi trefnu i werthu'r pentwr o goed i Mistar Lloyd-Percy; roedd hefyd yn bwriadu taro bargen reolaidd i gyfnewid nwyddau rhwng Foel yr Anifeiliaid a Chwrt-y-Cadno. Bellach roedd y berthynas rhwng Napoleon a Lloyd-Percy, er mai trwy Gerain y'i cynhelid, bron yn gyfeillgar. Doedd yr anifeiliaid ddim yn trystio Lloyd-Percy fel dyn, ond roedd yn well ganddynt yntau o lawer na Wilias, roeddent yn ei ofni ac yn ei gasáu. Gyda threigl yr haf a'r felin wynt bron wedi'i gorffen, clywid sïon mwyfwy am ymosodiad dichellgar yn yr arfaeth. Bwriadai Wilias, medden nhw, ddod ag ugain o wŷr i gyd â gynau yn eu herbyn ac roedd eisoes wedi llwgrwobrwyo'r ynadon a'r heddlu, fel nad holent ddim pe llwyddai i gael gweithredoedd eiddo Foel yr Anifeiliaid yn ei hafflau. At hynny roedd straeon ofnadwy'n dod i'r fei o Gae Cribyn, am greulondebau Wilias tuag at ei anifeiliaid. Chwipiodd hen geffyl i farwolaeth, llwgai ei wartheg, lladdasai gi drwy'i luchio i'r ffwrnais, fe'i ymddifyrrai fin nos o wneud i geiliogod ymladd ag ysgyrion raseli ynghlwm wrth eu sbardunau. Berwai gwaed yr anifeiliaid gan gynddaredd pan glywent am wneud y fath bethau i'w cymrodyr ac weithiau gwaeddent am gael mynd allan yn dorf ac ymosod ar ffarm Cae Cribyn, hel allan y dynion a rhyddhau'r anifeiliaid. Ond fe'u cynghorodd Wil y Wich i osgoi gweithredu'n fyrbwyll ac ymddiried yn strategaeth Cymrawd Napoleon.

Serch hynny roedd teimladau cryfion yn dal i fod yn erbyn Wilias. Un bore Sul daeth Napoleon i'r fei yn y sgubor ac egluro na fuasai erioed yn meddwl gwerthu'r pentwr o goed i Wilias; ystyriai ymwneud â chnafon o'r fath islaw ei urddas, meddai. Cafodd y colomennod – oedd yn dal i fynd allan i roi newyddion y Gwrthyfel ar led – eu gwahardd rhag rhoi troed yn unman ar gyfyl Cae Cribyn, ac fe'u gorchmynnwyd hefyd i gefnu ar eu slogan cynt "Tranc i'r Ddynoliaeth" o blaid "Tranc i Wilias". Ddiwedd yr haf dinoethwyd un eto o gynllwynion Cadwal. Roedd y cnwd gwenith yn llawn chwyn a chafwyd bod Cadwal ar un o'i ymweliadau gefn nos wedi cymysgu hadau chwyn â'r hadyd. Gwyddai un o'r clagwyddau am y cynllwyn a chyffesodd ei euogrwydd i Wil y Wich a'i ladd ei hun yn y fan drwy lyncu ceirios y gŵr drwg. Rŵan daeth yr anifeiliaid hefyd i wybod na chawsai Cadwal erioed – fel roedd llawer ohonynt yn credu hyd yna – mo'r urdd "Arwr o Anifail, Dosbarth Cyntaf". Chwedl oedd hon a daenwyd beth amser ar ôl Brwydr y Beudy gan Cadwal ei hun. Ymhell o gael ei urddo, cawsai gerydd am fod yn llwfr yn y frwydr. Unwaith eto roedd rhai o'r anifeiliaid yn bur ddryslyd o glywed hyn ond buan y medrodd Wil y Wich eu darbwyllo mai eu cof oedd ar fai.

Yn yr hydref, drwy fawr ymdrech flinderus – roedd

gofyn cynaeafu bron ar yr un pryd – gorffennwyd y felin wynt. Heb eto'u gosod roedd y peiriannau a Gerain yn trafod eu prynu, ond roedd yr adeilad wedi'i orffen. Yn nannedd pob anhawster, er gwaethaf diffyg profiad, offer cyntefig, anffawd a bradwriaeth Cadwal, gorffennwyd y gwaith yn brydlon i'r diwrnod! Wedi ymlâdd ond yn falch, cerddodd yr anifeiliaid rownd a rownd eu campwaith oedd i'w weld yn harddach fyth i'w llygaid na'r tro y'i codwyd am y tro cyntaf. At hynny, roedd y waliau gymaint ddwywaith eu trwch cynt. Ni thyciai dim llai na ffrwydron i'w llorio'r tro yma! A phan feddylient am eu llafurwaith, y siomedigaethau y medront eu goresgyn a'r gwahaniaeth aruthrol yn eu bywydau pan fyddai'r hwyliau'n troi a'r dynamos yn rhedeg – pan feddylient am hynny i gyd aeth eu blinder yn ddim a dyma gampio rownd a rownd y felin wynt yn gweiddi gan orfoledd. Daeth Napoleon ei hun, a'i gŵn a'i geiliog i'w ganlyn, i lawr i archwilio'r gwaith gorffenedig; llongyfarchodd yr anifeiliaid yn bersonol ar eu gorchest a chyhoeddi yr enwid y felin yn Felin Napoleon.

Ddeuddydd wedyn galwyd yr anifeiliaid ynghyd i gyfarfod arbennig yn y sgubor. Fe'u trawyd yn fud gan syndod pan gyhoeddodd Napoleon ei fod wedi gwerthu'r pentwr o goed i Wilias. Yfory deuai wagenni Wilias a dechrau'i gludo i ffwrdd. Drwy gydol ei gyfeillgarwch ymddangosiadol â Lloyd-Percy, mewn gwirionedd buasai Napoleon mewn cytundeb cyfrin â Wilias.

Torrwyd pob cysylltiad â Chwrt-y-cadno; anfonwyd negeseuon sarhaus at Lloyd-Percy. Siarsiwyd y colomennod i osgoi Cwrt-y-cadno ac i altro'u slogan o "Tranc i Wilias" yn "Tranc i Lloyd-Percy". Ar yr un pryd sicrhaodd Napoleon yr anifeiliaid fod y straeon am ymosodiad ar ddod ar Foel yr Anifeiliaid yn uwd o gelwydd a bod hanesion creulondeb Wilias tuag at ei anifeiliaid ei hun wedi'u gorliwio'n ddybryd. Yn ôl pob tebyg Cadwal a'i asiantau oedd tarddiad yr holl sïon hynny. Bellach, yn ôl pob golwg, doedd Cadwal ddim yn cuddio ar ffarm Cae Cribyn, a mewn gwirionedd ni fuasai yno erioed: roedd yn byw – yn bur foethus, medden nhw – yng Nghwrt-y-cadno a'r gwir amdani oedd ei fod yn un o deuluwyr Lloyd-Percy ers rhai blynyddoedd.

Roedd y moch wedi gwirioni'n lân ar gyfrwystra Napoleon. Drwy roi'r argraff ei fod yn gyfeillgar â Lloyd-Percy roedd wedi gorfodi Wilias i godi ei bris o ddeuddeg punt. Ond yn y ffaith nad oedd yn ymddiried yn neb, dim hyd yn oed Wilias, roedd rhagoriaeth craffter meddwl Napoleon i'w weld, meddai Wil y Wich. Buasai ar Wilias eisiau talu am y coed â rhywbeth o'r enw siec, darn o bapur yn ôl pob golwg ac addewid talu wedi'i sgrifennu arno. Ond roedd Napoleon yn rhy glyfar iddo. Mynnodd gael ei dalu â phapurau pumpunt go iawn, a'r rheini'n dod i law cyn mynd â'r coed. Roedd Wilias eisoes wedi talu; a'r swm yn union ddigon i brynu'r peiriannau at y felin wynt.

Yn y cyfamser roedd y coed yn cael eu cludo i ffwrdd fel slecs. Pan oedd pob tamaid wedi mynd, cynhaliwyd cyfarfod arall yn y sgubor i'r anifeiliaid gael archwilio papurau pumpunt Wilias. Dan wenu'n wynfydedig ac yn gwisgo'i ddau fedal, gorffwysai Napoleon ar wely gwair ar y llwyfan, yr arian wrth ei ochr yn bentwr twt ar ddesgl tsieni o gegin y tŷ ffarm. Aeth yr anifeiliaid heibo'n araf fesul un a châi pob un syllu'i wala. Ac estynnodd Bocsar ei drwyn i snwffian y papurau pumpunt, a'r pethau bach gwynion bregus yn stwyrian ac yn chwithrwd yn ei wynt.

Dradwy bu randibŵ ofnadwy. Daeth Gerain, ei wyneb cyn wynned â'r galchen, ar ras i fyny'r llwybr ar gefn ei feic, ei luchio ar lawr y buarth a rhuthro ar ei ben i'r tŷ ffarm. Y munud nesaf atseiniodd bloedd daglyd o gynddaredd o stafelloedd Napoleon. Aeth newydd yr hyn ddigwyddodd ar led drwy'r ffarm fel tân gwyllt. Ffug oedd y papurau pumpunt! Cawsai Wilias y coed yn rhad ac am ddim!

Gwysiodd Napoleon yr anifeiliaid ynghyd yn y fan a'r lle a chyhoeddi mewn llais ofnadwy y ddedfryd marwolaeth ar Wilias. Wedi ei ddal, meddai, dylid berwi Wilias yn fyw. Ar yr un pryd fe'u rhybuddiodd, ar ôl yr anfadwaith hwn, y gellid disgwyl y gwaethaf. Gallai Wilias a'i wŷr ddwyn eu cyrch hirddisgwyliedig ar unrhyw funud. Gosodwyd gwylwyr ar bob ffordd i'r ffarm. At hynny, anfonwyd pedair colomen i Gwrt-y-cadno â neges gymodlon yn y gobaith y byddai'n meithrin o'r newydd berthynas dda â Lloyd-Percy.

Yr union fore wedyn daeth yr ymosodiad. Wrth eu brecwast roedd yr anifeiliaid pan ruthrodd y gwylwyr i mewn â'r newydd fod Wilias a'i ddilynwyr eisoes wedi dod drwy'r llidiart pum bar. Yn bur eofn, mentrodd yr anifeiliaid allan i'w cyfarfod, ond y tro yma chawson nhw mo'r fuddugoliaeth rwydd ddaethai i'w rhan ym Mrwydr y Beudy. Roedd yna bymtheg o wŷr, a hanner dwsin o ynau rhyngddynt, a dechreusant saethu gydag y daethant o fewn pymtheg llath. Allai'r anifeiliaid ddim wynebu'r ffrwydradau ofnadwy a'r haels pigog ac er gwaethaf ymdrechion Napoleon a Bocsar i'w calonogi buan y'u bwriwyd yn ôl. Roedd nifer ohonynt eisoes wedi'u clwyfo. Aethant i ymochel yn y beudai a sbecian allan yn ochelgar drwy agennau a thyllau cainc. Roedd y borfa fawr ar ei hyd, gan gynnwys y felin wynt, ym meddiant y gelyn. Am y tro roedd hyd yn oed Napoleon i'w weld ar goll yn lân. Camai yma a thraw heb ddweud gair o'i ben, ei gynffon fel procer, yn plycio. Bwrid cipolygon chwith tua Chwrt-y-cadno. Pe rhoddai

Lloyd-Percy a'i weision help llaw iddynt roedd gobaith eto y gallent ennill y dydd. Ond y funud yma dyma'r pedair colomen anfonwyd allan y diwrnod cynt yn dod yn eu holau, un ohonynt yn cario pwt o bapur gan Lloyd-Percy. Mewn pensil arno roedd y geiriau: "Eitha gwaith i chdi".

Yn y cyfamser roedd Wilias a'i wŷr wedi sefyll yn eu hunfan o gwmpas y felin wynt. Fe'u gwyliodd yr anifeiliaid ac aeth murmur o dorcalon drwyddynt. Roedd dau o'r dynion wedi estyn trosol a gordd. Roeddent yn mynd i chwalu'r felin wynt.

"Amhosib!" gwaeddodd Napoleon. "Dan ni wedi codi'r walia'n rhy drwchus o lawer i hynny. Fedren nhw mo'i chwalu hi o fewn wythnos. Peidiwch â digalonni, gymrodyr!"

Ond roedd Eban yn craffu ar symudiadau'r dynion. Roedd y ddau â'r gordd a'r trosol yn drilio twll ger gwaelod y felin wynt. Yn araf a golwg arno bron fel pe'n ei gael yn ddoniol, nodiodd Eban ei drwyn hir llwyd.

"Felly roeddwn i'n tybio," meddai. "Welwch chi ddim be maen nhw'n neud? Ymhen munud eto maen nhw'n mynd i sodro powdwr tanio yn y twll 'na."

Wedi dychryn ar eu hyd, arhosodd yr anifeiliaid. Bellach doedd dim modd ei mentro hi allan o'r beudai. Ar ôl munud neu ddau gwelwyd y dynion yn rhedeg i bob cyfeiriad. Wedyn daeth rhu byddarol. Chwyrlïodd y colomennod i'r awyr a lluchiodd yr holl anifeiliaid, heblaw Napoleon, eu hunain ar eu boliau a chuddio'u hwynebau. Pan godasant drachefn hongiai cwmwl enfawr o fwg du lle buasai'r felin wynt. O dipyn i beth nofiodd i ffwrdd ar yr awel. Roedd y felin wynt wedi peidio â bod!

O weld hyn magodd yr anifeiliaid wroldeb drachefn. Funud ynghynt ofn ac anobaith a deimlent ond boddwyd y rhain gan eu cynddaredd at y fath weithred ffiaidd, waradwyddus. Cododd gwaedd aruthrol am ddialedd a heb aros am orchmynion pellach rhuthrasant yn eu blaenau fel un a chythru am y gelyn. Y tro yma doedden nhw'n malio dim yn yr haels brwnt sgubai drostynt fel cenllysg. Roedd hi'n frwydr giaidd, chwerw. Taniodd y dynion dro ar ôl tro a phan oedd yr anifeiliaid ar eu gwarthaf colbio'n wyllt â'u ffyn a'u sgidiau hoelion. Lladdwyd buwch, tair dafad a dwy ŵydd ac roedd bron pawb wedi'u clwyfo. Rheoli'r cyrch o'r cefn roedd Napoleon ond cafodd hyd yn oed yntau asglodi blaen ei gynffon gan haelsen. Ond chafodd y dynion ddim dianc yn groeniach chwaith. Torrwyd pennau tri ohonynt gan ergydion carnau Bocsar, corniwyd un arall yn ei fol gan gorn buwch, rhwygwyd trowsys un arall bron oddi amdano gan Jini a Gladys. Rhoesai Napoleon ordors i'w warchodlu ei hun fynd rownd dan gysgod y clawdd a phan ddaeth y naw ci i'r fei'n sydyn ar eu hystlys, dan gyfarth yn ffyrnig, rhusiodd y dynion yn lân. Gwelsent fod peryg eu hamgylchynu. Bloeddiodd Wilias ar ei wŷr i'w heglu hi tra medrent a'r funud nesaf roedd y gelyn llwfr yn rhedeg am eu hoedl. Rhedodd yr anifeiliaid ar eu holau at waelod un y cae a chael y cyfle i roi ambell i gic olaf iddynt fel yr ymwthient drwy'r berth ddrain.

Roeddent wedi ennill ond yn flinedig ac yn gwaedu. Yn ara deg dechreusant glunhercian yn eu holau i'r ffarm. O weld eu cymrodyr marw ar eu hyd ar y glaswellt daeth dagrau i lygaid rhai ohonynt. Ac am ysbaid dyma aros yn ddistaw ddigalon yn y man lle safai gynt y felin. Oedd, roedd wedi mynd, agos i ddim argoel o'u llafur! Roedd hyd yn oed rhai o'r sylfeini wedi'u chwalu. Ac i'w hailgodi, y tro yma fedren nhw ddim, fel o'r blaen, ailddefnyddio cerrig wedi cwympo. Y tro yma roedd y cerrig wedi diflannu hefyd, a grym y ffrwydrad wedi'u lluchio gannoedd o lathenni. Roedd fel pe na fuasai'r felin wynt erioed.

A hwythau'n dynesu at y ffarm, dacw Wil y Wich, fuasai'n rhyfedd iawn yn absennol yn ystod yr ymladd, yn dod tuag atynt dan brancio, ysgwyd ei gynffon a gwenu o glust i glust. Ac o gyfeiriad y tŷ ffarm clywodd yr anifeiliaid daranu dwys y gwn.

"I be mae'r gwn 'na'n tanio?" meddai Bocsar.

"I ddathlu ein buddugoliaeth!" llefodd Wil y Wich.

"Pa fuddugoliaeth?" meddai Bocsar. Roedd ei bengliniau'n gwaedu, un o'i sgidiau ar goll a'i garn wedi hollti, a dwsin o haels wedi'u sodro yn ei goes ôl.

"Pa fuddugoliaeth, gymrawd? Siawns nad ydan ni wedi ymlid y gelyn oddi ar ein tir – tir sanctaidd Foel yr Anifeiliaid?"

"Ond maen nhw wedi chwalu'r felin wynt. A ninnau'n gweithio arni ers dwy flynedd!"

"Be di'r ots? Godwn ni felin wynt arall. Godwn ni chwe melin wynt os mynnan ni. Dwyt ti ddim yn sylweddoli, gymrawd, y peth aruthrol rydan ni wedi'i neud. Roedd y gelyn wedi meddiannu'r union dir yma rydan ni'n sefyll arno. A rŵan – diolch i arweinyddiaeth Cymrawd Napoleon – dan ni wedi adennill pob modfedd ohono!"

"Os felly dan ni wedi adennill be oedd gynnon ni o'r blaen," meddai Bocsar.

"Dyna'n buddugoliaeth ni," meddai Wil y Wich.

Herciodd yr anifeiliaid i'r buarth. Llosgai'r haels yn hegar dan groen coes Bocsar. Gwelai o'i flaen lafurwaith trwm ailgodi'r felin wynt o'i sylfeini ac eisoes yn ei feddwl roedd yn ymwroli at y dasg. Ond am y tro cyntaf tarodd ei ben ei fod yn unmlwydd ar ddeg a hwyrach nad oedd ei gyhyrau mawr fel ag yr oeddent.

Ond pan welodd yr anifeiliaid y faner werdd yn cyhwfan a chlywed y gwn yn tanio drachefn – saith gwaith y'i taniwyd i gyd – a chlywed yr araith draddododd Napoleon yn eu llongyfarch ar eu hymarweddiad, roedd i'w gweld iddynt eu bod wedi'r cyfan wedi ennill buddugoliaeth fawr. Rhoddwyd cynhebrwng dwys i'r anifeiliaid laddwyd yn y frwydr. Tynnai Bocsar a Blodwen y wagen wnâi'r tro fel hers a cherddai Napoleon ei hun ar ben yr orymdaith. Neilltuwyd deuddydd cyfan i ddathlu. Cafwyd caneuon, areithiau a thanio'r gwn eto, ac afal yn anrheg arbennig i bob anifail. A dwy owns o ŷd i bob aderyn a thair bisgeden i bob ci. Cyhoeddwyd y gelwid y frwydr yn Frwydr y Felin Wynt a bod Napoleon wedi creu medal newydd, Urdd y Faner Werdd a'i rhoes iddo'i hun. Yn y gorfoledd cyffredin aeth mater anffodus y papurau pumpunt dros gof.

Ymhen rhai dyddiau wedyn y daeth y moch ar draws cist o wisgi yn seleri'r tŷ ffarm. Welsai'r moch mohoni pan fudont i'r tŷ gyntaf. Y noson honno o'r tŷ ffarm daeth sŵn bloeddio canu gan gynnwys, er mawr syndod i bawb, pytiau o *Glân Fwystfilod Cymru*. Tua hanner awr wedi naw gwelwyd Napoleon yn glir, un o hen hetiau caled Mistar Jôs am ei ben, yn dod i'r fei o'r drws cefn, carlamu nerth ei draed rownd y buarth a diflannu yn ei ôl dan do. Ond yn y bore roedd y tŷ ffarm yn gwbl fud. Yn ôl pob golwg doedd yr un o'r moch wedi codi. Roedd hi bron yn naw o'r gloch pan ddangosodd Wil y Wich ei wyneb, yn cerdded yn slô bach ac yn benisel, ei lygaid yn bŵl, ei gynffon yn hongian yn llipa o'i ôl, ac yn ôl pob golwg yn ddifrifol wael. Galwodd yr anifeiliaid at ei gilydd a dweud wrthynt fod ganddo newydd affwysol i'w drosglwyddo. Roedd Cymrawd Napoleon ar farw!

Cododd galarnad. Taenwyd gwair y tu allan i ddrysau'r tŷ ffarm a cherddai'r anifeiliaid ar flaenau'u traed. A dagrau yn eu llygaid dyma ofyn i'w gilydd beth wnaent pe eid â'u Harweinydd oddi arnynt. Aeth si ar led bod Cadwal wedi'r cyfan wedi llwyddo i roi gwenwyn ym mwyd Napoleon. Am un ar ddeg daeth Wil y Wich allan a gwneud cyhoeddiad arall. Yn weithred olaf ganddo ar y ddaear, roedd Cymrawd Napoleon wedi cyhoeddi ordinhad ddifrifol: byddai yfed diod feddwol yn dwyn cosb marwolaeth.

Erbyn gyda'r nos, fodd bynnag, roedd Napoleon i'w weld ychydig yn well a'r bore trannoeth roedd Wil y Wich mewn lle i ddweud wrthynt ei fod yn fflonsio'n dda. Erbyn y noson honno roedd Napoleon yn ôl wrth ei waith a drannoeth cafwyd gwybod ei fod wedi dweud wrth Gerain am brynu llyfrau bragu a distyllu yn Rhostirmwyn. Wythnos wedyn rhoes Napoleon ordors i aredig y cae bach y tu draw i'r berllan, y bwriedid gynt ei neilltuo'n borfa i anifeiliaid wedi mynd ar eu hen sodlau. Rhoddwyd ar ddeall fod y borfa wedi sbyddu a bod gofyn ai ail hau ond buan y cafwyd ar ddeall fod Napoleon yn bwriadu ei hau â haidd.

Tua'r adeg yma digwyddodd rhywbeth rhyfedd na fedrai prin neb ei ddeall. Un noson tua chanol nos daeth twrw mawr o'r buarth a rhuthrodd yr anifeiliaid o'u corau. Noson loergan oedd hi. Wrth droed talcen y sgubor fawr lle'r oedd y Saith Gorchymyn wedi'u sgrifennu gorweddai ystol wedi'i thorri'n ddau. Roedd Wil y Wich, yn bensyfrdan dros dro, yn gorweddian yn ei hymyl a gerllaw gorweddai lantern, brwsh paent a photyn o baent gwyn wedi'i droi. Yn y fan gwnaeth y cŵn gylch o gwmpas Wil y Wich a'i dywys yn ôl i'r tŷ ffarm gydag y medrai gerdded. Doedd gan yr un o'r anifeiliaid 'run narith beth olygai hyn, heblaw 'rhen Eban a nodiodd ei drwyn yn henffel, fel pe'n deall, ond ddywedai ddim.

Ond rai dyddiau'n ddiweddarach, wrth ddarllen y Saith Gorchymyn iddi'i hun, sylwodd Malltwen fod yna un arall eto roedd yr anifeiliaid wedi'i gamgofio.

Roeddent wedi meddwl mai "Rhaid i'r un anifail fyth yfed diod gadarn" oedd y Pumed Gorchymyn, ond roedd yna ddau air roeddent wedi'i hanghofio. Mewn gwirionedd y Gorchymyn oedd: "Rhaid i'r un anifail beidio fyth yfed diod gadarn i ormodedd".

Y Nawfed Bennod

Hir y bu carn hollt Bocsar yn gwella. Dechreusant ailgodi'r felin wynt drannoeth diwedd dathliadau'r fuddugoliaeth. Gwrthododd Bocsar gymryd hyd yn oed diwrnod rhydd ac fe'i hystyriai'n ddyletswydd peidio â gadael i neb weld ei fod yn diodde. Gyda'r nos cyfaddefai i Blodwen yn ddistaw bach fod y carn yn ei frifo'n arw. Triniai Blodwen y carn â phowltrisiau perlysiau a hwyliai drwy eu cnoi a cheisiodd hi ac Eban ill dau ddwyn perswâd arno i beidio â gweithio mor galed. "Dydi sgyfaint ceffyl ddim yn para am byth," meddai wrtho. Ond roedd Bocsar yn cau gwrando. Dim ond un uchelgais go iawn oedd ganddo ar ôl, meddai, sef gweld y felin wynt ar y gweill yn ddel cyn cyrraedd oed ymddeol.

Ar y dechrau, pan osodwyd allan ddeddfau Foel yr Anifeiliaid gyntaf, pennwyd yr oed ymddeol yn ddeuddengmlwydd i geffylau a moch, pedeirblwydd ar ddeg i wartheg, nawmlwydd i gŵn, seithmlwydd i ddefaid a phumlwydd i ieir a gwyddau. Cytunwyd ar bensiynau henoed hael. Hyd yn hyn nid ymddeolodd yr un anifail ar bensiwn ond yn ddiweddar bu trafod mwyfwy ar y peth. A'r cae bach y tu draw i'r berllan bellach wedi'i neilltuo i haidd, y si ar led oedd y câi cornel y borfa fawr ei ffensio a'i throi'n borfa i anifeiliaid wedi ymddeol. I geffyl, meddid, pum pwys o ŷd y diwrnod fyddai'r pensiwn ac, yn y gaea, pymtheg pwys o wair a charatsien neu hwyrach afal ar ddyddiau gŵyl. Byddai pen-blwydd Bocsar yn ddeuddeg oed ddiwedd haf y flwyddyn wedyn.

Yn y cyfamser roedd bywyd yn galed. Roedd y gaeaf cyn oered ag y buasai'r llynedd a bwyd yn brinnach fyth.

Unwaith eto codwyd y rhastal ar bawb heblaw'r moch a'r cŵn. Buasai cyfartaledd dogn rhy haearnaidd, meddai Wil y Wich, yn groes i egwyddorion Anifeiliaeth. Pa un bynnag, mater bach oedd iddo brofi i'r anifeiliaid eraill na doedden nhw *ddim* yn brin o fwyd, waeth sut olwg oedd ar bethau. Am y tro, bid siŵr, bu'n rhaid ailaddasu'r dognau (am "ailaddasu" y soniai Wil y Wich bob gafael, fyth "cwtogi"), ond o'i gymharu â dyddiau Jôs roedd yna welliant aruthrol. Gan ddarllen y ffigyrau mewn llais treiddgar buan, profodd iddynt yn fanwl fod ganddynt fwy o geirch, mwy o wair, mwy o faip nag yn nyddiau Jôs, eu bod yn gweithio oriau byrrach, bod eu dŵr yfed o well safon, eu bod yn byw'n hwy, bod cyfran fwy o'u hepil yn dod i'w hoed a'u hamser, a bod ganddynt fwy o wellt yn eu corau a llai o chwain. Coeliodd yr anifeiliaid bob gair. A dweud y gwir, roedd Jôs a phopeth a gynrychiolai bron wedi mynd dros gof. Gwyddent fod y bywyd oedd ohoni yn galed ac yn foel, eu bod yn aml ar eu cythlwng ac yn aml yn oer, a'u bod rhan amla'n gweithio pan nad oeddent yn cysgu. Ond diau y buasai'n waeth ers talwm. Roedd yn dda ganddynt gredu felly. At hynny, yn yr oes honno caethweision oeddent, bellach yn rhydd a dyna fyd o wahaniaeth, ac roedd Wil y Wich yn fawr ei ofal i dynnu eu sylw at hyn.

Roedd yna lawer mwy i'w bwydo erbyn hyn. Yn yr hydref bwriodd y pedair hwch berchyll tua'r un pryd, un ar ddeg ar hugain rhyngddynt. Roedd y perchyll i gyd yn frith a chan mai Napoleon oedd yr unig faedd ar y ffarm doedd fawr o waith dyfalu pwy oedd eu tad. Cyhoeddwyd y codid ysgoldy'n ddiweddarach, ar ôl prynu brics a choed, yng ngardd y tŷ ffarm. Am y tro, Napoleon ei hun ddysgai'r perchyll, yng nghegin y tŷ ffarm. Aent i sythu'u coesau yn yr ardd a doedden nhw ddim i fod i chwarae efo'r cenawon eraill. Tua'r adeg yma hefyd y deddfwyd, petai mochyn ac unrhyw anifail arall yn cyfarfod ar lwybr, fod rhaid i'r anifail arall sefyll o'r neilltu; a hefyd y câi'r moch i gyd, waeth beth fo eu gradd, y fraint o wisgo rhubannau gwyrdd ar eu cynffonau ar y Sul.

Cawsai'r ffarm flwyddyn eithaf llwyddiannus ond roedd hi'n dal i fod yn fain arni. Roedd gofyn prynu'r brics, y tywod a'r calch ar gyfer yr ysgoldy, a byddai gofyn dechrau cynilo o'r newydd at y peiriannau i'r felin wynt. Wedyn roedd yna oel lampau a chanhwyllau i'r tŷ, siwgwr i fwrdd Napoleon (gwaharddai hyn i'r moch eraill ar y tir ei fod yn magu bloneg arnynt), a'r holl gyflenwadau newydd arferol megis tŵls, hoelion, llinyn, glo, weiren, sborion haearn a bisgedi cŵn. Eisoes gwerthwyd stwmp o wair a rhan o'r cnwd tatws, a chwyddwyd y cytundeb wyau'n chwe chant yr wythnos felly'r flwyddyn honno prin y deorodd yr ieir ddigon o gywion i gynnal eu nifer. Ar ben y cwtogi ym mis Rhagfyr, codwyd y rhastal eto ym mis Chwefror a gwaharddwyd lanterni yn y corau i arbed oel. Ond roedd y moch i'w gweld yn dda eu byd ac yn wir os rhywbeth roeddent yn pesgi. Un pnawn ddiwedd mis Chwefror, ar draws y buarth o'r bracty bach y tu draw i'r gegin fuasai'n segur yn nyddiau Jôs, nofiodd oglau cynnes, danteithus, ddigon i dynnu dŵr o'r dannedd, fel na chlywsai'r anifeiliaid erioed o'r blaen. Oglau barlys yn coginio oedd o, meddai rhywun. Ffroenodd yr anifeiliaid yn flysiog a meddwl tybed oedd stwnsh cynnes yn cael ei hwylio at eu swper. Ond ddaeth yr un stwnsh cynnes i'r fei a'r Sul wedyn cyhoeddwyd y cadwid y barlys i gyd i'r moch o hyn allan. Eisoes hadwyd y cae'r tu draw i'r berllan â barlys. A buan y daeth yn hysbys bod pob mochyn bellach yn cael dogn o beint o gwrw bob dydd, a hanner galwyn i Napoleon ei hun, gâi ei weini iddo bob gafael yn y ddysgl gawl

Crown Derby.

Ond os oedd rhaid dioddef adfyd, gwneid yn iawn am hyn yn rhannol o wybod bod i fywyd fwy o urddas na chynt. Ceid mwy o ganeuon, mwy o areithiau, mwy o orymdeithiau. Yn ôl gorchymyn Napoleon, cynhelid rhywbeth o'r enw Ardystiad o'r Frest i ddathlu ymdrechion a llwyddiannau Foel yr Anifeiliaid. Ar yr awr benodol byddai'r anifeiliaid yn gadael eu gwaith ac yn ymdeithio o gwmpas cyffiniau'r ffarm mewn trefn filwrol, y moch ar y blaen, wedyn y ceffylau, wedyn y gwartheg, wedyn y defaid ac wedyn y dofednod. Roedd y cŵn o bob tu i'r orymdaith ac o flaen pawb martsiai ceiliog du Napoleon. Cariai Bocsar a Blodwen rhyngddynt bob amser faner werdd ac arni'r carn a'r corn a'r pennawd "Hir oes i'r Cymrawd Napoleon!". Wedyn adroddid cerddi wedi'u cyfansoddi er anrhydedd i Napoleon ac araith gan Wil y Wich yn rhoi manylion y cynnydd diweddaraf o ran cynhyrchu bwydydd ac o bryd i'w gilydd tannid ergyd o'r gwn. Y defaid oedd ffyddloniaid mwyaf yr Ardystiadau o'r Frest ac os cwynai neb (fel y gwnâi ychydig o'r anifeiliaid rŵan ac yn y man pan nad oedd moch na chŵn gerllaw) eu bod yn wastraff amser ac yn golygu tipyn go lew o sefyllian yn yr oerni, doedd dim dwywaith na roddai'r defaid daw arno â brefu "Da bedeircoes, drwg ddwygoes!" nerth esgyrn eu pennau. Ond at ei gilydd câi'r anifeiliaid flas ar y dathliadau hyn. Fe'i caent yn gysur cael eu hatgoffa eu bod, wedi'r cyfan, yn feistri arnyn nhw'u hunain go iawn ac mai er eu budd eu hunain roedd y gwaith a wnaent. Gan hynny, rhwng y caneuon, y gorymdeithiau, rhestrau ffigyrau Wil y Wich, taranu'r gwn, clochdar y ceiliog a chyhwfan y faner, o leiaf ambell dro medrent anghofio bod eu boliau'n wag.

Ym mis Ebrill cyhoeddwyd Foel yr Anifeiliaid yn Weriniaeth ac roedd gofyn penodi Arlywydd. Dim ond un ymgeisydd oedd, Napoleon, a etholwyd yn unfryd. Yr un diwrnod rhoddwyd ar ddeall fod dogfennau newydd wedi'u darganfod yn dadlennu rhagor o fanylion ynghylch cydgynllwynio Cadwal â Jôs. Bellach, yn ôl pob golwg, nid dim ond rhoi cynnig ar golli Brwydr y Beudy ar y funud olaf drwy ystryw wnaethai Cadwal, fel y meddyliai'r anifeiliaid ynghynt, ond buasai'n ymladd yn agored ar ochr Jôs. Mewn gwirionedd yntau oedd arweinydd y lluoedd dynol, a rhuthrodd i'r gad â'r geiriau "Hir oes i'r Ddynoliaeth!" ar ei weflau. Ac o ran y clwyfau ar gefn Cadwal, yr oedd ambell un o'r anifeiliaid yn dal i gofio'u gweld, dannedd Napoleon a'u parodd.

Ganol yr haf, yn sydyn daeth Moses y gigfran i'r fei drachefn ar y ffarm, ar ôl absenoldeb o rai blynyddoedd. Doedd wedi newid dim, wnâi ddim pwt o waith a mwydrai yn yr un cywair â chynt am Fynydd Siwgwr-Candi. Clwydai ar fonyn coeden, curo'i adenydd duon a siarad am oriau bwy'i gilydd â'r neb fynnai wrando. "I fyny fan'na, gymrodyr," dywedai'n ddwys, dan ddangos yr awyr â'i big mawr – "i fyny fan'na, jyst yr ochor bella i'r cwmwl du 'na welwch chi – dacw fo Mynydd Siwgwr-Candi, y wlad ddedwydd honno lle cawn ni anifeiliaid orffwys am byth o'n llafur!" Honnai hyd yn oed iddo fod yno ar un o'i ehediadau uchaf, a gweld y meysydd meillion tragwyddol a'r gacen had llin a'r siwgwr lwmp yn tyfu ar y cloddiau. Roedd llawer o'r anifeiliaid yn ei goelio. Roedd eu bywydau bellach, ymresyment, yn llwglyd ac yn llafurus; siawns nad oedd yn iawn ac yn deg bod gwell byd yn bod rywle arall? Un peth anodd ei benderfynu oedd agwedd y moch tuag at Moses. Haerent i gyd yn ddirmygus mai uwd o gelwydd oedd ei straeon am Fynydd Siwgwr-Candi ac eto rhoddent rwydd hynt iddo aros ar y ffarm, heb weithio, a chael lwfans o chwarter peint o gwrw'r diwrnod.

Ar ôl i'w garn wella gweithiodd Bocsar yn galetach nag erioed. Yn wir gweithiodd yr anifeiliaid i gyd fel caethweision y flwyddyn honno. Ar ben gwaith rheolaidd y ffarm ac ailgodi'r felin wynt, roedd yna'r ysgoldy i'r perchyll a gychwynnwyd ym mis Mawrth. Weithiau roedd yr oriau hir ar fwyd annigonol yn anodd eu dioddef ond roedd Bocsar yn ddiysgog. Doedd dim cysgod awgrym mewn dim a ddywedai nac a wnâi bod ei nerth yn pallu. Dim ond yr olwg arno oedd fymryn yn wahanol; ei groen yn llai gloyw nag y bu, a'i bedreiniau mawr fel petaent wedi crebachu. Dywedai'r lleill, "Mi geith Bocsar ei gefn ato pan dyfith glaswellt y gwanwyn"; ond tyfodd glaswellt y gwanwyn a phesgodd Bocsar ddim. Weithiau ar y llethr tua chopa'r chwarel, pan sythai ei gyhyrau yn erbyn pwysau rhyw glogfaen enfawr, roedd fel petai dim yn ei gadw ar ei draed ond ewyllys dyfalbarhau. Ar adegau felly gwelid ei weflau'n ffurfio'r geiriau "Mi weithia i'n g'letach"; doedd ganddo ddim llais ar ôl. Unwaith eto fe'i rhybuddiodd Blodwen ac Eban i ofalu am ei iechyd ond thalai Bocsar ddim sylw. Roedd pen ei flwyddyn ddeuddeg oed ar y trothwy. Doedd dim ots ganddo beth ddigwyddai cyn belled â bod yna gelc go dda o gerrig cyn iddo fynd ar ei bensiwn.

Yn hwyr fin nos yn yr haf aeth si sydyn ledled y ffarm fod rhywbeth wedi digwydd i Bocsar. Aethai allan ar ei ben ei hun i lusgo llwyth o gerrig i lawr i'r felin wynt. Ac yn ddigon siŵr roedd y si'n wir. Rai munudau wedyn rhuthrodd dwy golomen i mewn â'r newydd: "Mae Bocsar wedi syrthio! Mae'n gorwedd ar ei ochr yn methu codi!"

Rhuthrodd tua hanner yr anifeiliaid ar y ffarm allan i'r bryncyn lle safai'r felin wynt. Yno gorweddai Bocsar rhwng llorpiau'r drol, ei wddw wedi'i estyn, yn methu hyd oed codi ei ben. Roedd ei lygaid yn bŵl, ei ystlysau'n gedenog gan chwys. Diferai ffrwd fain o waed o'i geg.

Syrthiodd Blodwen ar ei phennau gliniau yn ei ymyl.

"Bocsar!" gwaeddodd, "sut wyt ti?"

"Fy mrest i sy," meddai Bocsar mewn llais gwantan. "Dio'm ots. Fedrwch chi orffan y felin wynt hebdda i, dwi'n meddwl. Mae 'na gelc go lew o gerrig wedi'u casglu. Dim ond mis eto i fynd oedd gin i beth bynnag. A deud y gwir, roeddwn i'n edrych ymlaen at ymddeol. A does wbod yn y byd, gan fod Eban yn tynnu mlaen hefyd, hwyrach y ceith o ymddeol ar yr un pryd a bod yn gydymaith i mi."

"Rhaid i ni gael help llaw ar unwaith," meddai Blodwen. "Rhedwch, rywun ohonach chi, a deud wrth Wil y Wich be sy 'di digwydd."

Ar y gair rhuthrodd yr holl anifeiliaid eraill yn eu holau i'r ffermdy i roi'r newydd i Wil y Wich. Dim ond Blodwen oedd ar ôl, ac Eban, a orweddodd ar ei hyd yn ymyl Bocsar a, heb ddweud gair, hel y pryfed oddi arno â'i gynffon hir. Ar ôl tua chwarter awr daeth Wil y Wich i'r fei, yn llawn cydymdeimlad a phryder. Dywedodd fod y Cymrawd Napoleon yn ddirfawr ei ofid o glywed am yr anffawd yma i un o'r gweithwyr mwyaf triw ar y ffarm a'i fod eisoes yn trefnu i anfon Bocsar i gael triniaeth mewn ysbyty yn Rhostirmwyn. Teimlai'r anifeiliaid braidd yn anniddig o glywed hyn. Heblaw Modlen a Cadwal ni adawsai'r un anifail arall mo'r ffarm a doedd ddim yn dda ganddyn nhw feddwl am eu cymrawd gwael dan law dynion. Fodd bynnag, hawdd y dwynodd Wil y Wich berswâd arnynt y gallai'r ffarier yn Rhostirmwyn drin achos Bocsar yn fwy boddhaol nag y medrent ar y ffarm. A thua hanner awr wedyn, a Bocsar wedi fflonsio dipyn, fe'i codwyd ar ei draed o fawr stryffîg a llwyddodd i hercian yn ei ôl i'w gôr lle'r oedd Blodwen ac Eban wedi hwylio gwely braf o wair iddo.

Am ddeuddydd eto arhosodd Bocsar yn ei gôr. Anfonodd y moch ato botel fawr o foddion pinc gawsent yn y gist foddion yn y stafell folchi ac fe'i rhoddai Blodwen i Bocsar ddwywaith y diwrnod ar ôl prydau bwyd. Gyda'r nos gorweddai yn ei gôr a sgwrsio ag o tra heliai Eban y pryfed oddi arno. Taerai Bocsar nad oedd yn ddrwg ganddo am be ddigwyddodd. Pe deuai at ei goed yn iawn medrai ddisgwyl byw am dair blynedd eto ac edrychai ymlaen at y dyddiau dedwydd yng nghornel y borfa fawr. Dyna fyddai'r tro cyntaf iddo gael hamdden i astudio ac ehangu ei feddwl. Roedd yn fwriad ganddo, meddai, gysegru gweddill ei oes i ddysgu pedair llythyren ar hugain yr wyddor oedd weddill.

Fodd bynnag, dim ond ar ôl oriau gwaith y medrai Eban a Blodwen fod efo Bocsar, ac am ganol dydd y daeth y fan i fynd ag o i ffwrdd. Roedd yr anifeiliaid i gyd wrth eu gwaith yn chwynnu maip dan oruchwyliaeth mochyn pan synnon nhw o weld Eban yn carlamu o gyfeiriad y ffarm yn gweryru nerth esgyrn ei ben. Dyma'r tro cyntaf erioed iddyn nhw weld Eban wedi cynhyrfu – yn wir dyma'r tro cyntaf erioed i neb ei weld yn carlamu. "Styriwch! Styriwch da chi!" gwaeddodd. "Traed dani! Dowch! Maen nhw'n mynd â Bocsar i ffwrdd!" Heb aros gorchmynion gan y mochyn, rhoes yr anifeiliaid y gorau i weithio a rhuthro'n ôl i'r ffarm. Yn ddigon siŵr, dacw fan fawr gaeedig a dau geffyl yn ei thynnu, a llythrennau ar ei hochr, a dyn cyfrwys yr olwg a het galed corun isel am ei ben yn eistedd ar sêt y gyrrwr. Ac roedd côr Bocsar yn wag.

Heidiodd yr anifeiliaid o gwmpas y fan. "Da bo ti, Bocsar!" medden nhw ag un llais, "da bo ti!"

"Lembos! Penbyliaid!" gwaeddodd Eban, yn campio o'u cwmpas dan bwyo'r llawr â'i garnau bach. "Penna maip! Welwch chi ddim be sy 'di'i sgwennu ar ochor y fan 'na?"

Gwnaeth hynny i'r anifeiliaid betruso a bu distawrwydd. Dechreuodd Malltwen sillafu'r geiriau bob yn llythyren ond rhoes Eban hergwd iddi o'r neilltu ac yng nghanol mudandod llethol darllenodd:

"'Maldwyn Penry, Lladdwr Ceffylau a Berwr Glud, Rhostirymwyn. Deliwr mewn Crwyn a Blawd Esgyrn. Cyflenwir Cynelau.' Dach chi'm yn dallt be hynna'n feddwl? Maen nhw'n mynd â Bocsar at y nacer!"

Torrodd gwaedd o arswyd o enau'r anifeiliaid i gyd. Y funud hon chwipiodd y dyn ar y bocs ei geffylau a chychwynnodd y fan o'r buarth ar duth chwim. Dilynodd yr anifeiliaid i gyd, yn llefain nerth esgyrn eu pennau. Ymwthiodd Blodwen i'r tu blaen. Dechreuodd y fan fagu gwib. Rhoes Blodwen gynnig ar styrio ei choesau tewion i garlam a medrodd hanner carlam. "Bocsar!" llefodd. "Bocsar! Bocsar! Bocsar!" Ac yn y fan, fel petai wedi clywed y stŵr y tu allan, daeth wyneb Bocsar, a'r streipen wen ar hyd ei drwyn, i'r fei yn y ffenest fach yng nghefn y fan.

"Bocsar!" llefodd Blodwen mewn llais ofnadwy. "Bocsar! Bacha hi! Bacha hi, styria da chdi! Maen nhw'n mynd â chdi i gael dy ladd!"

Cododd yr anifeiliaid i gyd y cri "Bacha hi, Bocsar, bacha hi!" Ond roedd y fan eisoes yn magu gwib ac yn eu gadael ar ôl. Doedd dim sicrwydd a ddeallodd Bocsar be ddywedodd Blodwen. Ond funud wedyn diflannodd ei wyneb o'r ffenest a daeth twrw aruthrol curo carnau y tu mewn i'r fan. Roedd yn trio cicio'i ffordd allan. Ers talwm buasai cic neu ddau gan garnau Bocsar yn ddigon i falu'r fan yn siwtrws mân. Ond gwae fo! Roedd ei nerth wedi'i adael; ac ymhen munud neu ddau distawodd sŵn curo'r carnau a mynd yn ddim. Yn eu hanobaith dechreuodd yr anifeiliaid apelio at y ddau geffyl dynnai'r fan i stopio. "Gymrodyr, gymrodyr!" gwaeddont. "Peidiwch â mynd â'ch brawd eich hun i gael ei ladd!" Ond roedd y ffernols gwirion yn rhy dwp i sylweddoli be oedd ar droed a wnaethon nhw ddim ond moeli'u clustiau a magu gwib. Ddaeth wyneb Bocsar ddim i'r fei yn y ffenest wedyn. Yn rhy hwyr, meddyliodd rhywun am ruthro ymlaen a chau'r llidiant pum bar; ond ymhen munud wedyn roedd y fan drwyddo ac yn cyflym ddiflannu ar hyd yn lôn. Ni welwyd mo Bocsar fyth mwy.

Dridiau wedyn cyhoeddwyd ei fod wedi marw yn yr ysbyty yn Rhostirmwyn, serch cael pob gofal y medrai ceffyl ei gael. Daeth Wil y Wich i gyhoeddi'r newydd i'r lleill. Buasai, meddai, wrth erchwyn Bocsar yn ei oriau olaf.

"Dyna'r peth mwya gwefreiddiol welais i yn fy myw!" meddai Wil y Wich, gan godi ei droed a sychu deigryn. "Roeddwn wrth ei erchwyn tan y dwytha un. Ac ar y diwedd, bron yn rhy wan i siarad, sibrydodd yn fy nghlust mai ei unig ofid oedd marw cyn gweld gorffen y felin wynt. 'I'r gad, gymrodyr!' sibrydodd. 'I'r gad, yn enw'r Gwrthryfel. Hir oes i Foel yr Anifeiliaid! Hir oes i'r Cymrawd Napoleon! Mae Napoleon bob amser yn iawn.' Dyna'i eiria olaf un, gymrodyr."

Yn y fan hon newidiodd ymarweddiad Wil y Wich yn sydyn. Tawodd am funud a bwriai ei lygaid bach gipolygon drwgdybus o'r naill ochr i'r llall cyn mynd yn ei flaen.

Cawsai ar ddeall, meddai, fod si gwirion a maleisus wedi'i roi ar led pan aethpwyd â Bocsar i ffwrdd. Sylwasai rhai o'r anifeiliaid fod ar y fan aeth â Bocsar i ffwrdd y nod "Lladdwr Ceffylau" a neidio i'r casgliad – Duw a'n gwaredo – bod Bocsar yn cael ei anfon at y nacer. Roedd bron yn anghredadwy, meddai Wil y Wich, y medrai'r un anifail fod mor hurt. Siawns, gwichiodd yn ddig, gan chwipio'i gynffon a sboncio o'r naill ochr i'r llall, siawns nad oedden nhw'n nabod Cymrawd Napoleon yn well na hynny? Ond roedd yr eglurhad yn ddigon syml. Y nacer fuasai piau'r fan gynt, a'r ffarier wedi'i phrynu a heb eto beintio dros yr hen enw. Dyna sut bu'r camgymeriad.

Roedd yn rhyddhad aruthrol i'r anifeiliaid glywed hyn. A phan aeth Wil y Wich yn ei flaen i adrodd rhagor o fanylion byw gwely angau Bocsar, y gofal gwiw gawsai a'r moddion drudfawr y talodd Napoleon amdanynt heb feddwl ddwywaith am eu cost, diflannodd eu hamheuon olaf a lliniarwyd eu gofid dros farw eu cymrawd o feddwl ei fod o leiaf wedi marw'n ddedwydd.

Ymddangosodd Napoleon ei hun yn y cyfarfod y Sul nesaf a thraddodi anerchiad byr er anrhydedd i Bocsar. Ni fuasai modd, meddai, dwyn yn eu holau weddillion eu hannwyl gymrawd, coffa da amdano, i'w claddu ar y ffarm, ond roedd wedi gorchymyn gwneud torch fawr o lawryf o ardd y tŷ ffarm i'w rhoi ar fedd Bocsar. Ac ymhen deuddydd dri bwriadai'r moch gynnal gwledd goffa er anrhydedd i Bocsar. Daeth araith Napoleon i ben dan ddwyn i gof ddwy hoff wireb Bocsar, "Mi weithia i'n g'letach" a "Mae'r Cymrawd Napoleon bob amser yn iawn" – gwirebau, meddai, y byddai'n rheitiach peth i bob anifail eu coleddu.

Ar y diwrnod bennwyd i'r wledd daeth fan groser o Rostirmwyn a danfon crêt mawr pren i'r tŷ ffarm. Y noson honno roedd twrw gweiddi canu dros bob man wedyn rhywbeth oedd i'w glywed fel ffrae wyllt yn dod i ben tuag un ar ddeg mewn trwst aruthrol torri gwydr. Drannoeth ni stwyriodd neb yr un gewyn yn y tŷ ffarm cyn canol dydd. Ac aeth y gair ar led fod y moch wedi cael, o rywle neu'i gilydd, arian i brynu iddyn nhw'u hunain gas arall o wisgi.

Y Ddegfed Bennod

Aeth blynyddoedd heibio. Daeth y tymhorau a darfod, âi bywydau byr yr anifeiliaid heibio fel y gwynt. Daeth y dydd pan nad oed neb a gofiai'r hen ddyddiau gynt cyn y gwrthryfel, heblaw Blodwen, Eban, Moses y gigfran a rhai o'r moch.

Roedd Malltwen wedi marw, Gladys, Jini a Mot wedi marw. Roedd Jôs yntau wedi marw – buasai farw mewn cartref i feddwon mewn rhan arall o'r wlad. Aethai Cadwal dros gof. Aethai Bocsar dros gof, heblaw am yr ychydig a'i hadwaenai. Hen gaseg dew oedd Blodwen bellach, ei chymalau wedi stiffio a'i llygaid braidd yn folog. Roedd ddwy flynedd heibio oed ymddeol ond mewn gwirionedd nid oedd yr un anifail wedi ymddeol. Ers tro byd ni chlywid gair o sôn am neilltuo cornel o'r borfa i anifeiliaid wedi ymddeol. Bellach baedd pedair stôn ar hugain ar ei lawn dwf oedd Napoleon. Roedd Wil y Wich mor dew fel mai prin y gwelai drwy'i lygaid. Dim ond 'rhen Eban oedd 'run fath ag erioed am y dim â bod, heblaw ei fod ychydig yn fwy llwyd o gwmpas ei drwyn ac, ers marw Bocsar, yn fwy sarrug a thawedog fyth.

Bellach roedd llawer mwy o greaduriaid ar y ffarm, er nad cymaint mwy ag y disgwylid yn y blynyddoedd cyntaf. Ganed llawer o anifeiliaid nad oedd y Gwrthryfel yn ddim mwy iddynt na thraddodiad niwlog a drosglwyddid ar lafar gwlad, a phrynwyd eraill na chlywsai erioed sôn am y fath beth cyn cyrraedd. Erbyn hyn roedd gan y ffarm dri cheffyl ar wahân i Blodwen. Roedden nhw'n anifeiliaid nobl gwerth chweil, yn weithwyr diwyd ac yn gymrodyr da, ond yn affwysol o dwp. Cafwyd na fedrai'r un ohonyn nhw ddysgu'r wyddor y tu hwnt i'r llythyren B. Derbynient bopeth glywent am y Gwrthryfel ac egwyddorion Anifeiliaeth, yn enwedig gan Blodwen, roeddent yn ei pharchu bron fel meibion; ond go brin eu bod yn deall fawr ddim.

Roedd y ffarm yn fwy llewyrchus rŵan a gwell trefn arni; roedd hyd yn oed yn fwy, o ddau gae brynwyd gan Mistar Lloyd-Percy. Gorffennwyd y felin wynt yn llwyddiannus o'r diwedd ac roedd gan y ffarm ei hinjan ddyrnu a'i chodwr gwair ei hun ac ychwanegwyd sawl adeilad newydd ati. Prynsai Gerain drap ci iddo'i hun. Fodd bynnag, yn y pen draw ni ddefnyddiwyd y felin wynt i gynhyrchu pŵer trydan. Fe'i defnyddid i falu ŷd a gwnâi elw ariannol sylweddol. Roedd yr anifeiliaid wrthi'n gweithio'n galed i godi melin wynt eto: pan orffennid honno, yn ôl y sôn, gosodid y dynamos. Ond o ran y moethau y dysgodd Cadwal i'r anifeiliaid freuddwydio amdanynt, y corau efo golau trydan a dŵr oer a phoeth, a'r wythnos dridiau, bellach doedd dim gair o sôn amdanynt. Collfarnai Napoleon y fath syniadau ar y tir eu bod yn groes i ysbryd Anifeiliaeth. Mewn gweithio'n galed a byw'n gynnil, meddai, roedd gwir ddedwyddwch.

Rywsut roedd petai'r ffarm wedi cyfoethogi heb gyfoethogi'r anifeiliaid eu hunain – heblaw, wrth gwrs, y moch a'r cŵn. Hwyrach bod hyn yn rhannol am fod yna gynifer o foch a chynifer o gŵn. Nid nad oedd y creaduriaid hyn yn gweithio, yn eu dull eu hunain. Fel yr eglurai Wil y Wich hyd syrffed, roedd goruchwylio a threfnu'r ffarm yn waith diddiwedd. Roedd llawer o'r gwaith yma o fath roedd yr anifeiliaid eraill yn rhy anwybodus i'w ddeall. Er enghraifft, dywedodd Wil y Wich wrthynt fod gofyn i'r moch gysegru egnïon aruthrol bob dydd i bethau annirnad o'r enw "ffeiliau", "adroddiadau" a "memoranda". Dalennau mawr o bapur oedd y rhain roedd gofyn eu llenwi'n llawn ysgrifen a gydag eu bod wedi'u llenwi felly fe'u llosgid yn y ffwrnais. Roedd hyn yn hollbwysig er lles y ffarm, meddai Wil y Wich. Ond serch hynny, doedd na'r moch na'r cŵn ddim yn cynhyrchu unrhyw fwyd o'u llafur eu hunain; ac roedd yna lond gwlad ohonyn nhw a'u chwant bwyd bob gafael ar ei orau.

O ran y lleill, roedd eu bywyd, hyd y gwyddent, fel y buasai erioed. Fel arfer roeddent yn llwglyd, cysgent ar wair, yfent o'r pwll, llafurient yn y caeau, yn y gaeaf roedd yr oerfel yn eu poeni, a'r pryfed yn yr haf. Weithiau byddai'r hynaf o'u plith yn pendroni, yn chwilio am ryw frith gof – yn nyddiau cynta'r Gwrthryfel, a Jôs newydd ei hel allan, oedd pethau'n well ynteu'n waeth na rŵan? Fedren nhw ddim cofio. Doedd ganddyn nhw ddim llathen fesur i gloriannu'r bywyd oedd ohoni: dim sail i ddim byd heblaw rhestrau ffigyrau Wil y Wich a ddangosai'n ddi-ffael fod popeth yn well ac yn well. Câi'r anifeiliaid y broblem yn annatrys; pa un bynnag ychydig o amser oedd ganddynt bellach i fyfyrio uwch y fath bethau. Dim ond 'rhen Eban honnai gofio pob manylyn ei oes faith a gwybod na fuasai pethau, ac na allent fyth, fod fawr gwell na fawr gwaeth – a newyn, cyni a siom, chwedl yntau, yn ddeddf ddigyfnewid bywyd.

Ac eto ni roddai'r anifeiliaid fyth y gorau i obeithio. At hynny, ni chollasant erioed, hyd yn oed am eiliad, eu synnwyr anrhydedd a braint o fod yn aelodau o Foel yr Anifeiliaid. Y nhw fyth oedd yr unig ffarm yn y wlad i gyd – yng Nghymru gyfan! – yn eiddo ac yn cael ei rhedeg gan anifeiliaid. Roedd hyn yn destun rhyfeddod fyth dragywydd i bob un ohonynt, hyd yn oed yr ieuaf, hyd yn oed y newydd-ddyfodiaid o ffermydd ddeng milltir neu ugain milltir i ffwrdd. A phan glywent ddiasbedain y gwn a gweld y faner werdd yn cyhwfan ar ben y polyn fflag chwyddai eu calonnau gan falchder difarw a throai'r sgwrs bob gafael tua'r hen ddyddiau arwrol, hel Jôs allan, sgrifennu'r Saith Gorchymyn, y brwydrau mawr pan drechwyd y goresgynwyr dynol. Ni chefnwyd ar yr un o'r hen freuddwydion. Gweriniaeth yr Anifeiliaid a ragwelodd Capten pan na throediai traed dyn feysydd gleision Cymru – credent fyth yn hynny. Ddydd a ddaw fe ddeuai: efallai nad yn fuan, efallai nad o fewn oes unrhyw anifail rŵan yn fyw, ond er hynny fe ddeuai. Câi hyd yn oed alaw *Glân Fwystfilod Cymru* ei hymian, yn ddistaw bach hwnt ac yma: pa un bynnag doedd dim dwywaith nad oedd pob anifail ar y ffarm yn gwybod y gân ar ei gof hyd yn oed os na feiddiai neb ei chanu'n uchel. Hwyrach wir bod eu bywydau'n galed ac nid pob un o'u breuddwydion wedi'i wireddu, ond gwyddent yn eu calonnau nad oeddent 'run fath ag anifeiliaid eraill. Os oeddent yn llwglyd doedd hynny ddim oherwydd bwydo dynion gormesol; os gweithient yn galed, o leiaf fe weithient er eu mwyn eu hunain. Nid âi'r un creadur yn eu plith ar ddwy goes. Ni alwai'r un creadur yn eu plith "Feistr" ar unrhyw greadur arall. Roedd anifeiliaid i gyd yn gydradd.

Un diwrnod ddechrau'r haf gorchmynodd Wil y Wich y defaid i'w ddilyn a'u harwain allan i glwt o dir diffaith ym mhen arall y ffarm, llawn glaswydd bedw. Bwriodd y defaid y diwrnod ar ei hyd yno'n pori'r dail dan oruchwyliaeth Wil y Wich. Gyda'r nos aeth yntau yn ei ôl i'r tŷ ffarm ond, gan ei bod yn dywydd braf, dywedodd wrth y defaid am aros yno. Yn y diwedd yno y bu'r defaid am wythnos gron a welodd yr anifeiliaid eraill ddim lliw na llun ohonynt. Roedd Wil y Wich efo nhw am y rhan fwyaf o bob dydd. Roedd yn dysgu cân newydd iddyn nhw, meddai, ac at hynny roedd gofyn llonydd.

Toc wedi i'r defaid ddod yn eu holau, ar noson braf a'r anifeiliaid wedi gorffen eu gwaith ac yn ei chychwyn hi'n ôl i'r beudai, clywyd gweryru ceffyl mewn braw o'r buarth. Wedi dychryn, stopiodd yr anifeiliaid yn stond. Llais Blodwen oedd o. Gweryrodd wedyn a dechreuodd yr anifeiliaid garlamu a rhuthro i'r buarth. Wedyn gwelsant be welsai Blodwen.

Mochyn yn cerdded ar ei goesau ôl.

Ia, Wil y Wich oedd o. Braidd yn drwsgl, fel pe na bai eto wedi llawn arfer â chynnal ei horwth o gorff ar ei sefyll, ond yn berffaith gytbwys, roedd yn rhoi tro bach am y buarth. Ac ymhen munud daeth rhes hir o foch drwy ddrws y tŷ ffarm, i gyd yn cerdded ar eu coesau ôl. Roedd rhai'n cael gwell hwyl arni nag eraill, rhai hyd yn oed braidd yn simsan ac fel petai arnyn nhw eisiau ffon yn gynhaliaeth, ond llwyddodd pob copa walltog i fynd rownd y buarth yn groeniach. Ac yn olaf daeth twrw aruthrol cŵn yn ubain a chlochdar treiddgar gan y ceiliog du ac allan â Napoleon ei hun, yn fawreddog ar ei draed ôl, yn bwrw cipolygon ffroenuchel i bob tu, a'r cŵn yn prancio o'i gwmpas.

Roedd ganddo chwip yn ei droed.

Bu distawrwydd llethol. Yn syfdan syn, wedi dychryn ar eu hyd, yn gwasgu at ei gilydd, gwyliodd yr anifeiliaid y rhes hir o foch yn martsio'n araf rownd y buarth. Roedd fel petai'r byd wedi troi a'i wyneb i waered. Wedyn dyma ennyd ar ôl i'r ysgytwad cyntaf gilio, serch popeth – serch eu harswyd rhag y cŵn a serch eu harfer, a fagwyd dros flynyddoedd maith, o beidio byth â chwyno, peidio byth â beirniadu waeth be ddigwyddai – ennyd pan allasent yngan rhyw air o brotest. Ond y funud honno, fel pe ar arwydd, tarodd y defaid i gyd fôr o fref –

"Da bedeircoes, *gwell* ddwygoes! Da bedeircoes, *gwell* ddwygoes! Da bedeircoes, *gwell* ddwygoes!"

Aeth ymlaen am bum munud yn ddi-baid. Ac erbyn i'r defaid dewi aethai heibio'r cyfle i leisio unrhyw brotest gan fod y moch wedi martsio yn eu holau i'r tŷ ffarm.

Clywodd Eban drwyn yn gwthio yn erbyn ei ysgwydd. Trodd ei ben. Blodwen oedd yna. Roedd ei hen lygaid i'w gweld yn fwy pŵl nag erioed. Heb yngan gair rhoes blwc bach yn ei fwng a'i arwain at dalcen y sgubor fawr lle roedd y Saith Gorchymyn wedi'u sgwennu. Am funud neu ddau safodd y ddau'n syllu ar y wal dar a'i llythrennu gwyn.

"Mae ngolwg i'n pylu," meddai hi o'r diwedd. "Hyd yn oed pan oeddwn yn eboles fedrwn i ddim darllen be sy 'di'i sgwennu yna. Ond i nhyb i mae golwg wahanol ar y wal 'na. Ydi'r Saith Gorchymyn 'run fath ag y bydden nhw, Eban?"

Am unwaith cydsyniodd Eban i dorri ei reol a darllenodd iddi be oedd wedi'i sgwennu ar y wal. Bellach doedd dim byd yno ond un Gorchymyn. Dyma'i fyrdwn:

MAE POB ANIFAIL YN GYDRADD
OND MAE RHAI YN FWY CYDRADD
NA'I GILYDD.

Wedi hynny doedd dim i'w weld yn rhyfedd drannoeth o weld y moch yn goruchwylio gwaith y ffarm a phob un â chwip yn ei droed. Doedd dim i'w weld yn rhyfedd o gael ar ddeall fod y moch wedi prynu set weiarles, eu bod yn trefnu i osod teliffon a'u bod wedi codi tanysgrifiadau i *John Bull*, *Tit-Bits* a'r *Daily Post*. Doedd dim i'w weld yn rhyfedd o weld Napoleon yn mynd am dro bach yng ngardd y tŷ ffarm a chetyn yn ei geg – na, ddim hyd yn oed pan dynnodd y moch ddillad Mistar Jôs o'r wardrob a'u rhoi amdanynt, a Napoleon ei hun yn dod i'r fei mewn côt ddu, clos dal llygod a legins lledr a'i hoff hwch yn dod i'r fei yn y ffrog sidan symudliw yr arferai Misus Jôs ei gwisgo ar y Sul.

Wythnos wedyn, yn y pnawn, daeth amryw o drapiau cŵn at y ffarm. Cawsai dirprwyaeth o ffermwyr cyfagos wahoddiad i roi tro am y ffarm i fwrw golwg arni. Aethpwyd â nhw o gwmpas y ffarm drwyddi draw ac roeddent yn dotio at bopeth, yn enwedig y felin wynt. Wrthi'n chwynnu'r ardd lysiau roedd yr anifeiliaid. Gweithient yn ddiwyd, prin yn codi eu hwynebau o'r llawr a heb wybod pwy i'w hofni fwyaf, y moch ynteu'r ymwelwyr dynol.

Y noson honno daeth bloeddio chwerthin a hyrddiau o gân o'r tŷ ffarm. Ac yn sydyn, o glywed y lleisiau'n cyd-weu, trawyd yr anifeiliaid â chwilfrydedd. Be allai fod yn digwydd yno, ac anifeiliaid a dynion yn cyfarfod yn gydradd am y tro cyntaf? Fel un, dechreusant sleifio cyn ddistawed ag y medrent i ardd y tŷ ffarm.

Dyma nhw'n oedi wrth y giât, yn hanner ofni mynd ymlaen, ond arweiniodd Blodwen y ffordd i mewn. Aethant at y tŷ ar flaenau'u traed a llygadodd yr anifeiliaid oedd yn ddigon tal drwy ffenest y stafell fwyta. Yno, wrth y bwrdd crwn, eisteddai hanner dwsin o ffermwyr a hanner dwsin o'r moch amlycaf, a Napoleon ei hun yn y brif sedd ar ben y bwrdd. Roedd y moch i'w gweld yn gwbl gartrefol yn eu cadeiriau. Buasai'r cwmni'n chwarae cardiau ond roeddent wedi cymryd hoe fach, yn ôl pob golwg i gynnig llwncdestun. Âi jwg mawr o law i law a châi'r mygiau eu hail-lenwi â chwrw. Sylwodd neb ar wynebau syn yr anifeiliaid syllai drwy'r ffenest.

Roedd Mistar Lloyd-Percy o Gwrt-y-Cadno wedi sefyll ar ei draed, ei fwg yn ei law. Ymhen munud, meddai, cynigiai lwncdestun i'r cwmni presennol. Ond yn gyntaf teimlai ei bod yn ddyletswydd arno ddweud gair bach.

Roedd yn destun boddhad mawr iddo, meddai – ac, roedd yn siŵr, i bawb arall yma'n bresennol – teimlo bod cyfnod maith o ddrwgdybio a chamddeall bellach wedi dod i ben. Buasai adeg – nid ei fod ef, nac unrhyw un o'r cwmni presennol, yn rhannu teimladau o'r fath – ond buasai adeg pan oedd pethau braidd yn chwithig. Fyddai hi ddim yn iawn dweud bod eu cymdogion dynol yn synio am berchnogion parchus Foel yr Anifeiliaid fel gelynion, ond hwyrach bod yna ryw gymaint o amheuon. Digwyddasai pethau gresynus, buasai camsynied ar led. Teimlid bod ffarm yn berchen i foch ac yn cael ei rhedeg ganddynt rywsut yn groes i natur a'i bod yn debygol o gythryblu'r gymdogaeth. Buasai i ormod o ffermwyr gymryd yn ganiataol, heb yr holi dyledus, y byddai ysbryd anlladrwydd a diffyg disgyblaeth yn rhemp. Buasent ar bigau'r drain o feddwl am yr effaith ar eu hanifeiliaid eu hunain neu hyd yn oed ar eu gweithwyr dynol. Ond bellach chwalwyd pob amheuaeth o'r fath. Heddiw rhoesai yntau a'i gyfeillion dro am Foel yr Anifeiliaid ac archwilio pob modfedd ohoni â'u llygaid eu hunain, a be gawson nhw? Nid yn unig y dulliau newyddaf oll, ond disgyblaeth a destlusrwydd ddylai fod yn esiampl i ffermwyr ym mhob man. Credai ei fod yn llygad ei le yn dweud bod yr anifeiliaid isaf ar Foel yr Anifeiliaid yn gwneud mwy o waith ac yn cael llai o fwyd nag unrhyw anifeiliaid yn y wlad. Yn wir, sylwasai yntau a'i gydymwelwyr heddiw ar nodweddion lawer roeddent yn bwriadu eu cyflwyno ar eu ffermydd eu hunain rhag blaen.

Carai ddwyn ei sylwadau i ben, meddai, drwy bwysleisio unwaith eto y cyfeillgarwch oedd yn bodoli, ac a ddylai ddal i fod, rhwng Foel yr Anifeiliaid a'i chymdogion. Rhwng moch a dynion nid oedd unrhyw wrthdaro buddiannau o fath yn y byd ac nid oedd angen iddo fod. Roedd eu hymdrechion a'u hanawsterau yn un. Onid oedd y broblem lafur yr un fath ym mhob man? Yn y fan hon daeth yn amlwg bod Mistar Lloyd-Percy ar fin gollwng ar y cwmni ryw ffraetheb a baratoasai â mawr ofal, ond am funud fe'i llethwyd gan ei ddifyrrwch ei hun ormod i roi llafar iddi. Ar ôl mawr dagu, a'i amryfal degyll yn troi'n biws, llwyddodd i'w hyngan: "Os oes gynnoch chi eich anifeiliaid isaf i ymgodymu â nhw," meddai, "mae gynnon ni ein dosbarthiadau isaf!" Parodd y *bon mot* yma i bawb wrth y bwrdd floeddio chwerthin; ac unwaith eto llongyfarchodd Mistar Lloyd-Percy y moch ar y dognau isel, yr oriau gwaith hir a'r diffyg maldod yn gyffredinol a welsai ar Foel yr Anifeiliaid.

Ac yn awr, meddai o'r diwedd, byddai'n gofyn i'r cwmni godi ar eu traed ac ymorol bod eu gwydrau'n llawn. "Foneddigion," meddai Mistar Lloyd-Percy i gloi, "foneddigion, dyma gynnig llwncdestun: Hir lwydd i Foel yr Anifeiliaid!"

Daeth banllefau brwd a stampio traed. Roedd Napoleon gymaint wrth ei fodd fel y gadawodd ei le a dod rownd y bwrdd i dincial mygiau â Mistar Lloyd-Percy cyn yfed ei ddiod ar ei dalcen. Ar ôl i'r banllefau ddistewi dywedodd Napoleon, oedd yn dal ar ei draed, fod ganddo yntau air bach i'w ddweud.

'Run fath â holl areithiau Napoleon, roedd yn fyr ac i'r pwrpas. Roedd yntau, meddai, yn falch o weld pen ar y cyfnod o gamddealltwriaeth. Ers tro byd roedd sïon — roddwyd ar led, roedd ganddo le i gredu, gan ryw elyn maleisus — bod rhywbeth tanseiliol a hyd yn oed chwyldroadol yn ei olygwedd yntau a'i gydweithwyr. Cawsent y clod o roi cynnig ar ennyn gwrthryfel ymhlith yr anifeiliaid ar ffermydd cyfagos. Dim o'r fath beth! Eu hunig ddymuniad, yn awr ac yn y gorffennol fel ei gilydd, oedd byw mewn hedd a meithrin perthynas fusnes â'u cymdogion. Menter gydweithredol, meddai wedyn, oedd y ffarm yma roedd ganddo'r anrhydedd o'i rheoli. Roedd y gweithredoedd eiddo, oedd yn ei feddiant ef ei hun, yn eiddo i'r moch ar y cyd.

Ni chredai, meddai, fod unrhyw un o'r hen amheuon yn dal i aros yn y cof, ond roedd ambell i newid newydd ei wneud yn nhrefn y ffarm a ddylai hybu hyder fwy fyth. Hyd hynny buasai gan yr anifeiliaid ar y ffarm hen arferiad gwirion braidd, sef eu galw'i gilydd yn "Gymrawd". Rhoddid terfyn ar hyn. Buasai hefyd arferiad rhyfedd iawn, anhysbys ei darddiad, sef martsio bob bore Sul heibio i benglog baedd oedd wedi'i hoelio wrth bostyn yn yr ardd. Rhoddid terfyn ar hyn hefyd, ac roedd y penglog eisoes wedi'i gladdu. Hwyrach bod ei ymwelwyr wedi sylwi hefyd ar y faner werdd yn cyhwfan o'r polyn fflag. Os felly, hwyrach eu bod wedi sylwi bod y carn a'r corn gwyn oedd arni gynt bellach wedi'u dileu. O hyn ymlaen baner werdd blaen fyddai hi.

Dim ond ar un pen, meddai, y byddai'n beirniadu araith ardderchog a chymdogol Mistar Lloyd-Percy. Cyfeiriodd Mistar Lloyd-Percy o'r dechrau i'r diwedd at "Foel yr Anifeiliaid". Wrth reswm pawb ni allai wybod – yntau, Napoleon, oedd yn ei gyhoeddi am y tro cyntaf – bod yr enw "Foel yr Anifeiliaid" wedi'i ddileu. O hyn allan gelwid y ffarm yn "Foel y Faenol" – sef, yn ei dyb o, ei henw cywir gwreiddiol.

"Foneddigion," meddai Napoleon i gloi, "cynigiaf yr un llwnc destun ag o'r blaen, ond ar wedd wahanol. Llenwch eich gwydrau hyd at yr ymyl. Foneddigion, dyma fy llwncdestun: Hir lwydd i Foel y Faenol!"

Bu'r un benllefau harti ag o'r blaen a gwagiwyd y mygiau hyd y gwaddod. Ond, wrth i'r anifeiliaid y tu allan syllu ar yr olygfa, roedd i'w weld iddynt fel petai rhywbeth rhyfedd yn digwydd. Be oedd wedi newid yn wynebau'r moch? Gwibiodd hen lygaid pŵl Blodwen o'r naill wyneb i'r llall. Roedd gan ambell un bum tagell, pedair gan rai, tair gan rai. Ond be oedd fel petai'n toddi ac yn newid? Wedyn, a'r curo dwylo wedi dod i ben, cododd y cwmni eu cardiau a pharhau â'r gêm y torrwyd ar ei thraws, a sleifiodd yr anifeiliaid i ffwrdd yn ddistaw bach.

Ond cyn iddynt fynd ugain llath arhosont yn stond. Deuai dadwrdd lleisiau o'r tŷ ffarm. Rhuthront yn eu holau ac edrych drwy'r ffenest eto. Oedd, roedd ffrae filain ar fynd. Roedd gweiddi, dyrnu'r bwrdd, cipolygon drwgdybus miniog, gwadu ffyrnig. Gwraidd y drwg, yn ôl pob tebyg, oedd bod Napoleon a Mistar Lloyd-Percy ill dau wedi chwarae âs y palau ar yr un pryd.

Roedd deuddeg llais yn gweiddi mewn cynddaredd a phob un yr un fath. Dim amheuaeth, bellach, be ddigwyddodd i wynebau'r moch. Safai'r creaduriaid y tu allan yn syn. Syllent o fochyn i ddyn, o ddyn i fochyn, a thrachefn o fochyn i ddyn: ond eisoes doedd dim dichon dirnad p'run oedd p'run.

Tachwedd 1943 – Chwefror 1944

Atodiad: Enwau Foel yr Anifeiliaid

Fydda i ddim fel arfer yn newid enwau mewn dramâu na nofelau gan eu bod ynghlwm â man a lle penodol. Ond yn yr achos yma, gan mai alegori sydd dan sylw, theimlwn i ddim bod unrhyw ddiben cadw enwau'r gwreiddiol – gallasai'r stori ddigwydd mewn unrhyw ffarm fach yng nghefn gwlad. O ran unrhyw enwau sydd heb esboniad, greddf y glust a'm mympwy fy hun bennodd y rheini, am fy mod yn eu cael yn cydweddu â chymeriad yr anifail.

Animal Farm – a'r golygydd wedi mynnu cael enw gwahanol chadal na Fferm, hir y pendronais. Mae 'anifeiliaid' yn hen air mor anhylaw a fedrwn i yn fy myw daro ar nodwedd ddaearyddol âi efo fo. Ond o'r diwedd dyma daro ar Foel a'r cyflythreniad Foel/feil yn gwneud y peth yn llai anhylaw. Felly *Foel yr Anifeiliaid* amdani. Gobeithio'i fod yn taro deuddeg.

Napoleon – Napoleon (am fy mod yn medru clywed hen ffarmwr yn ei ddeud o, lond ceg.)

Snowball – Cadwal. Bûm yn pendroni dipyn drosto. Am wn i mai am ei fod yn wyn ac yn annwyl y cafodd ei enw. Meddyliais am enwa efo gwyn ynddyn nhw. Nid Gwynfor – cysylltiada' gwleidyddol sydd heb fod yn berthnasol. Roedd Carwyn, Gwyndaf ac ati yn ddichonadwy. Cadwal ddaeth i 'mhen i o'r diwedd gan feddwl mae'n siŵr mai'r wedd lawn, grandiach, Cadwaladr oedd ei enw i ddechra' ond wedi'i dalfyrru i Cadwal am ei fod yn fochyn bach annwyl. At hynny, ar ôl iddo gael ei alltudio a'i enw bob gafael yn cael ei yngan ag atgasedd, roedd Cadwal yn addas at hynny.

Squealer – Wil y Wich. Amhosib cael ystyr deublyg Squealer yn Gymraeg felly penderfynais ddilyn patrwm *Llyfr Mawr y Plant* (Wil y Winc).

Boxer – Bocsar. Unwaith eto, medru clywed hen

ffarmwr yn deud, lond ceg, "Dew, rêl Bocsar 'di hwn," o weld geni ebol nobl. Ac yn teimlo bod Bocsar yn well na Paffiwr neu Bocsiwr.

Clover - Blodwen
Mollie - Modlen
Muriel - Malltwen
Benjamin - Eban
Jessie - Jini
Bluebell - Gladys
Pincher - Mot
Mr Jones – Mistar Jôs
Mr Pilkington - Mistar Lloyd-Percy
Mr Kennedy - Mistar Wilias
Foxwood – Cwrt-y-Cadno
Pinchfield – Cae Cribyn
Willingdon – Rhostirmwyn. Cyfuniad ar hap o nodweddion daearyddol cyffredin yn enwa trefi a phentrefi Cymru ond heb fod eisoes yn bod yn yr un cyfuniad. Mi allasai fod yn unrhyw beth. Croescaegwrle oedd gin i i ddechra' ond doeddwn i byth jyst yn medru'i gofio fo felly dyma chwilio am rwbath llai anhylaw.

Mr Whymper – Mistar Gerain
Minimus – Cynddelw Brydydd Fychan
Alfred Simmons – Maldwyn Puw
Pinkeye – Pipi-down
Willingdon Beauty - Rhosyn Rhostirmwyn

Anna Gruffydd, 2025

Ar gael gan yr un awdur o www.melinbapur.cymru:

George Orwell
Mil Naw Wyth Deg Pedwar

"Sawl bys, Winston?"

Llundain, 1984. Mae Winston Smith yn byw bywyd di-gysur: yn ystod y dydd mae'n llafurio i ddileu'r agweddau hynny o'r gorffennol yr hoffai'r Blaid fod fel arall; ond gyda'r nos mae'n breuddwydio am orffennol hanner-anghofiedig, a dyfodol mwy gobeithiol. Ond ai dim ond rhith yw'r naill a'r llall?

Roedd George Orwell, sef ffugenw Eric Arthur Blair (1903-1950) yn newyddiadurwr, yn fardd ac yn draethodydd ond fe'i hadnabyddir orau heddiw fel un o nofelwyr mwyaf dylanwadol yr ugeinfed ganrif. Nodweddir ei waith gan sylwebaeth gymdeithasol a beirniadaethau o dotalitariaeth ei gyfnod sydd eto'n oesol, ac mae ei gampweithiau mwyaf adnabyddus, yn eu plith *Animal Farm* a *Nineteen Eighty-Four*, ymhlith y nofelau mwyaf poblogaidd erioed mewn unrhyw iaith.

Wedi'i chyhoeddi'n wreiddiol yn 1948, hwyrach mai *Nineteen Eighty-Four* yw'r nofel ddistopaidd enwocaf erioed a bu'n gyfrifol am gyflwyno bathiadau newydd i'r iaith Saesneg fel *Big Brother, Doublethink, Thought Police* ac *Orwellian*.

Ar gael hefyd o www.melinbapur.cymru:

Flann O'Brien
Y Trydydd Plismon

"Gwyddwn fod 'rhen Mathers wedi'i lorio gan bwmp beic haearn, wedi'i ddarnio i farwolaeth â rhaw drom ac wedyn wedi'i gladdu'n ddiogel mewn cae. Gwyddwn hefyd fod yr un dyn bellach yn eistedd yn yr un stafell â mi, yn fy ngwylio mewn distawrwydd. Roedd ei gorff wedi'i rwymo ond roedd ei lygaid yn fyw ac felly hefyd ei law dde ac felly hefyd yntau o'i gorun i'w sawdl. Hwyrach mai hunllef oedd y llofruddio min ffordd..."

Flann O'Brien (1911-1966) oedd un o ffugenwau Brian O'Nolan, un o ffigyrau mwyaf blaenllaw llenyddiaeth Wyddelig a llenyddiaeth ôl-fodernaidd yn yr iaith Saesneg. Ysgrifennodd nofelau a dramâu yn y Wyddeleg a'r Saesneg.

Ei nofel yn Saesneg *The Third Policeman* yw un o'i weithiau mwyaf adnabyddus heddiw, ond er iddo gwblhau'r nofel yn 1940, ni chafodd ei chyhoeddi nes 1967, blwyddyn ar ôl marw'r awdur, ac bellach fe'i hystyrir yn gampwaith ac yn un o weithiau llenyddol mawr cyntaf ôl-foderniaeth.

Y cyfieithiad newydd hwn gan Anna Gruffydd yw'r cyntaf o waith Flann O'Brien i'r Gymraeg.

Ar gael hefyd o www.melinbapur.cymru:

Helle Helle
Ceir ac Anifeiliaid

"Rwy'n eistedd yn y car, mewn sgert werdd, dynn gydag embryo awr oed y tu mewn imi. Mae pryfed bach yn hedfan yn erbyn ffenestr y car; rwyt yn rhoi'r weipyrs ymlaen. Mae'r haul yn codi, ac un dydd bydd y cwbl ar ben."

Menyw ifanc yn lladd amser ym mhriodas dieithriaid wrth aros am y bws nesaf. Hiraeth am y gŵr a'r plant a gollodd yn llethu gwraig. Pwmpen y mae angen ei chyffeithio'n droi'n ormes ar wraig arall. Merch ifanc ar drothwy newid byd. Trobwyntiau bywyd, posibiliadau newydd. Dechrau ym mhob diwedd.

Helle Helle yw un o brif lenorion cyfoes Denmarc. Mae ei gwaith yn darlunio digwyddiadau cyffredin bob-dydd o bersbectif benywaidd. Arddull gynnil, finimalaidd sy'n ei nodweddu. Ond mae'r mân-donnau ar wyneb y llyn yn bradychu cynnwrf ar y gwaelod.

Y casgliad hwn o un-ar-bymtheg o'i straeon byrion, a gyhoeddwyd yn wreiddiol yn 2000, yw un o'r gweithiau cyntaf erioed i gael ei gyfieithu o'r Ddaneg i'r Gymraeg. Nid yw eto wedi'i gyfieithu i'r Saesneg. Mae'r cyfieithydd, Richard Crowe, yn siarad nifer o ieithoedd ac wedi gweithio fel cyfieithydd proffesiynol; hwn, fodd bynnag, yw ei gyfieithiad cyntaf o ryddiaith greadigol.

MELIN BAPUR

www.melinbapur.cymru

Dilynwch ni ar:

X (@melinbapur)
Facebook (@melinbapur